EL AMOR O ALGO ASÍ

CARE SANTOS, MIGUEL MENA, GEMMA LIENAS
FRANCISCO M. MARÍN, ÁNGELA VALLVEY, ANTÓN CASTRO

El amor o algo así

SEIS RELATOS EN TORNO AL PRIMER AMOR

ALBA EDITORIAL
SOCIEDAD LIMITADA

Joven

Camps i Fabrés, 3-11, 4.°
08006 Barcelona

Diseño: PEPE MOLL

Primera edición: mayo de 2000
ISBN: 84-8428-026-8
Depósito legal: B-19 529-00

Impresión: Liberdúplex, S.L.
Constitución, 19
08014 Barcelona

Impreso en España

ÍNDICE

EL PANAMÁ ES UN SOMBRERO

Care Santos

Lo esencial es invisible a los ojos
El principito, Antoine de Saint-Exupéry

El verano pasado descubrí que el panamá es un sombrero. Ya sé que no es un descubrimiento muy espectacular. Fue sólo una de las muchas cosas sorprendentes que me trajo aquel verano, pero no la más importante. También descubrí qué se siente al enamorarse: más o menos lo mismo que sentirías después de correr los mil quinientos metros y llegar en último lugar. Pero, aunque pueda resultar sorprendente, eso tampoco fue lo más importante que descubrí el verano pasado. Es una historia un poco larga.

Como todos los años, llegamos a la casa de L'Empordà a principios de julio. Recuerdo que discutí con papá todo el camino, porque me dijo que aquel año, para mi cumpleaños (es el día 25 de agosto) tampoco iba a comprarme la moto, como me había prometido. Pero lo que más rabia me dio fueron sus argumentos: «Eres demasiado pequeña para llevar moto, Aina, el año que viene ya veremos». No hubo forma de hacerle entender que todo el mundo menos él considera que diecisiete años son suficientes para conducir una motocicleta, y más por el pueblo, durante las vacaciones, donde podría hacer prácticas con tranquilidad antes de volver a Barcelona. Y cuando le recordé que todos los años me ponía la misma excusa para no comprarme el regalo que llevaba siglos prometiéndome, y que mis notas habían sido buenísimas ese año, me dijo que me callara y dejara de ponerme impertinente. Que me comprara el ordenador, por lo menos, y así podría divertirme en internet en lugar de agobiarme en este pueblo aburrido, pero ni eso, tampoco esa promesa significaba nada para él, le dije. Tuvo que intervenir mamá, como siempre, para decirle que el ordenador tal vez sí sería una buena solución para mí durante el verano, pero a papá no le sentaron bien sus palabras y durante un rato pareció que nos estaba riñendo a las dos al mismo tiempo. Luego los ánimos se calmaron y ya no se volvió a hablar de ello. Es decir: me fastidié otra vez.

Pero me estoy yendo de la cuestión. Decía que llegamos a la casa de L'Empordà a principios de julio. Los primeros días de las vacaciones siempre resultan odiosos porque hay que deshacer las maletas y limpiar a fondo. Es peor que no haber salido de la tristeza de la ciudad, os lo aseguro. Mamá es una maniática de la limpieza, así que ya me tenéis a mí con un cubo de agua y una esponja ante los cristales de todas las ventanas. Cada vez que mamá me encarga este trabajito me pregunto por qué seré hija única, por qué no tendré una hermana tonta y obediente a quien darle órdenes. Pero ya no hay remedio. Al día siguiente de nuestra llegada al pueblo, cuando estábamos en plena faena, llegó Oriol, el cartero, trayendo un telegrama. Mamá se puso muy nerviosa diciendo que los telegramas nunca son portadores de buenas noticias, y rasgó el papel azul como si estuviera loca. Cuando lo leyó cambió completamente de actitud: amplias sonrisas, pequeñas exclamaciones, los ojos abiertos de pronto como los de una lechuza. «¿Qué dice?», le pregunté, intrigadísima. «Es del primo Ferran –anunció–. Dice que vuelve al pueblo. Qué te parece, menuda sorpresa, si no vamos a reconocerle, después de tantos años.»

Por si limpiar la casa no fuera lo bastante odioso, la llegada del primo Ferran puso a mamá más nerviosa que de costumbre. Me di cuenta cuando quitó las cortinas, como siempre, para lavarlas. Hacía años que aquellas cortinas de color verde mosquito estaban en el salón. Eran horribles, pero estábamos tan acostumbrados a verlas que ni siquiera lo notábamos. Y de pronto, mamá empezó a darse cuenta de todo lo feo que había en la casa. Se quedó mirando hacia el gran ventanal y murmuró: «No quiero que el primo Ferran lo vea todo tan anticuado». Y lo mismo con las sábanas, las toallas del baño o las tazas del desayuno. Durante aquella primera semana papá y mamá fueron cuatro veces de compras a unos grandes almacenes de Barcelona. Como si no hubiera tiendas en el pueblo. Pero mamá decía, con un aire de mucho misterio: «Aquí no tienen lo que yo busco».

Yo les acompañé sólo un día. Imaginad la escena: mamá en la sección «Menaje» de la quinta planta, la dedicada al hogar, tratando de encontrar entre cien millones de tazas –todas horribles– cuál sería la que mejor se adaptara a los gustos del primo Ferran. De pronto aparecía papá con un último modelo irrompible. Mamá lo miraba de reojo y murmuraba con desprecio: «No creo que se parezca a lo que tienen allí». Y con las toallas, la misma escena: «Uy, no, ésta le daría risa a un hombre como él». Y en la sección de cortinas mamá le preguntó varias veces a papá: «¿Crees que las preferirá lisas o estampadas, azules o verdes, de doble capa o de una sola?». Yo, la verdad, no entendía nada. Por qué aquel afán por agradar al primo. Por qué tantas dudas sobre si le gustaría o no nuestra casa.

De cuando Ferran se marchó, no puedo acordarme: tenía ocho meses. Él acababa de cumplir los dieciocho años. Mamá lleva toda la vida contando lo claro que siempre lo tuvo el primo. Desde adolescente dijo que al llegar a la mayoría de edad iba a irse a trabajar a Madrid, a un restaurante, para ser cocinero. Según mamá, desde siempre tuvo claro lo que quería. Dejó los estudios y se fue a trabajar. Luego se le presentó la oportunidad de irse a México, y no lo dudó. Y un poco más tarde se trasladó a Nueva York, donde empezó abriendo su propio restaurante de comida española, con el que tuvo tanta suerte que en poco tiempo era el propietario de toda una cadena de restaurantes y hoteles. «Con el dinero que da el ramo de la hostelería, seguro que ése se pega la gran vida», le oí decir a papá varias veces durante aquellos días de julio. Y de vez en cuando le oía preguntarse a media voz: «¿Y a qué diantre vendrá?».

Mientras, ir al supermercado se convirtió en un problema. Nada era lo bastante bueno para el primo Ferran, un hombre «tan de mundo, tan acostumbrado a todos los placeres de la vida», decía papá. Empezaron a comprar cosas rarísimas: frutas tropicales, mariscos, embutidos de jabugo y hasta una lata de cangrejo que lo tenía todo raquítico, menos el precio. «Seguro que no esperará encontrar tantas delicadezas», afirmaba papá, mientras cargaba las bolsas en el coche.

Luego empezó la nostalgia. Unos días antes de la llegada del primo, a mamá le dio por rebuscar en el arcón donde guarda todas las fotos de hace mil veranos y empezar a sacar a todos los muertos de la familia. «Seguro que le gustará recordar a los suyos, después de tanto tiempo solo», dijo. Aparecieron –un poco apolillados por los años, eso sí– todos los tatarabuelos y bisabuelos y tíos abuelos que podáis imaginar, junto a una gente muy curiosa que nunca he sabido quiénes eran, aunque mamá es capaz de identificarlos a todos. Luego, los abuelos, de la época en que compraron aquella casa y se instalaron en ella. De cuando nació papá. De la boda de mis padres: mamá con un vestido sin hombreras –qué feo– y con un peinado que ni la reina Naboo. Y papá muy delgado y muy guapo, y con guantes. Creo que nunca más he visto a papá con guantes. Luego su luna de miel, sus excursiones de fin de semana, las de cuando fueron a esquiar, las de cuando nací yo, las de... ¡Mira, aquí está el primo!, y mamá poniéndome en la nariz la foto borrosa de un chico en bañador sujetando en brazos a un bebé con michelines que parece que va a estrellarse de un momento a otro contra el suelo. «Aquí estaba a punto de marcharse a Madrid», explicaba mi madre. Y sí, si estáis pensando que el bebé con michelines soy yo, habéis acertado. Un buen disgusto me llevé al conocer mi obeso pasado.

La historia del primo Ferran es, como todas las historias familiares, un poco complicada: fue el único hijo de mi tía Montse, hermana de mamá, y mi tío

Andreu. La muerte de mi tío Andreu es uno de esos tabúes que hay en todas las familias. Jamás se habla de ella, y si el tema sale en la conversación, en seguida se busca otro, aunque sea absurdo, con tal de desviar la atención hacia otras cosas. Algunas veces les he oído decir que el tío Andreu bebía mucho y a todas horas, y yo creo que fue esa afición suya la que le mató. El caso es que, después de su muerte, tía Montse no consiguió superar la tristeza, que la fue carcomiendo poco a poco, quitándole las ganas de vivir, hasta que enfermó –papá dice que ya estaba enferma mucho tiempo atrás– y no pudo superarlo. Cuando ella murió, el primo Ferran tenía más o menos mi edad, y papá y mamá acababan de casarse. Ellos eran su única familia, así que le acogieron. Entonces vivían en un piso de alquiler que sólo tenía un dormitorio. Siempre cuentan que el primo dormía en el sofá-cama del salón y que se levantaba tan tarde que a veces tenían que comer en la cama. Fue por eso que se plantearon comprar un piso. Por eso y porque papá encontró un buen trabajo. Y estuvo bien, porque compraron un piso con tres habitaciones que les hizo pensar por primera vez en la posibilidad de tener un bebé. Un año más tarde nací yo. Así que, ya veis, de algún modo le debo parte de mi existencia al primo Ferran. De esa época hay muchas fotos en el arcón del sótano. Mirándolas me di cuenta de lo guapo que era el primo. En las imágenes tiene una retirada a Leonardo di Caprio que... Cuando se lo dije a mamá se echó a reír. «¿Leonardo di Caprio? Igual sí, pero habrá que ver cuánto ha cambiado en estos quince años, y cuánta barriga habrá echado.» Pero ya he vuelto a irme por las ramas. Bueno, resumiendo, que cuando yo tenía ocho meses y varios michelines, el primo Ferran se marchó de casa, y ya no volvió hasta el verano pasado.

Al principio nos escribía postales desde América. Lo sé porque en el arcón aparecieron también algunas con su letra, con sellos rarísimos y fechas muy antiguas. Las leí todas, eran muy divertidas. «Primero llegó Hernán Cortés y ahora llega Ferran Moret», decía una que mandó desde México. En el anverso se veía la foto de una pirámide de piedra gris. Tenía fecha de 1989. «No he visto ningún actor y los jamones son de York», había escrito en 1990 detrás de una imagen de la Estatua de la Libertad. La última que encontré era una felicitación navideña. Por un lado, se veía la pista de hielo de Rockefeller Centre llena de patinadores muy abrigados. Por el otro, con tinta azul, decía: «Este año tampoco vuelvo a casa por Navidad». Era de 1992.

Me asombró descubrir que tampoco mis padres sabían mucho de las hazañas americanas del primo Ferran. Su única relación con él después de que se independizara fue una vez que papá llevó a un cliente a cenar al restaurante donde trabajaba el primo, durante un viaje de negocios a Madrid. Le vio muy sano, muy fuerte, un poco más gordito y con el pelo mucho más largo. Le preguntó cómo estaba y el primo le dijo que las cosas le iban mejor de lo que esperaba. Le preguntó si tenía novia y él dijo que no, porque estaba planeando marcharse lejos. Cuándo, quiso saber mi padre. No lo sé, en cuanto tenga oportunidad. Lo curioso fue que la oportunidad se presentó de repente, porque a la semana siguiente, papá volvió al restaurante y le dijeron que el primo ya no trabajaba allí porque se había ido a México. «No me extraña que tenga suerte», solía decir mamá, y añadía: «La suerte hay que buscarla».

En fin. Que entre ataques de limpieza y arrebatos de nostalgia, llegó el primo Ferran. Fuimos los tres, en plan familia feliz, a buscarle al aeropuerto. Su vuelo traía sólo tres cuartos de hora de retraso, pero os aseguro que se nos hicieron larguísimos. A papá y a mamá les dio tiempo a especular sobre las razones que hacían regresar al primo o el tiempo que pensaría quedarse. «Cuando empiezas a hacerte mayor echas de menos tus raíces», dijo mamá, muy solemne. Papá no compartía su opinión: «Ése seguro que viene a pedirnos algo, seguro que se ha arruinado, el dinero fácil se gasta fácilmente». Cuando anunciaron que por fin el avión del primo había aterrizado, los tres salimos corriendo hacia la zona de llegadas. Estuvimos tanto rato esperando que ya nos parecía que no quedaba ningún pasajero del vuelo de Nueva York por salir. Las puertas vomitaban gente sin parar, pero ninguno me parecía el primo Ferran. Claro que yo tenía de él la imagen a lo Di Caprio de las fotos antiguas, pero estaba segura de que iba a reconocerle en cuanto le viera. Y así fue. De pronto, en lo alto de la escalera mecánica vi una especie de fantasma con sombrero. Vestía de blanco, una de esas camisetas ajustadas de tejidos ecológicos, un pantalón de aires hindúes y un sombrero de color crudo. «¡Es él, el primo Ferran! –grité, emocionada–. ¡Es el primo Ferran, está allí, en la escalera!» Para cuando papá y mamá miraron, ya no se le veía. «Lleva un sombrero –anuncié–, no se le ve la cara.» Noté que no me creían, pero al cabo de pocos minutos apareció entre las puertas automáticas. Yo tenía razón: era el primo Ferran, tiraba de un carrito lleno de maletas y llevaba sombrero, barba de tres o cuatro días, pelo largo y sandalias de esas cómodas.

Cuando me miró noté que se me cortaba la respiración. De verdad, era lo más parecido a Brad Pitt que haya visto nunca.

Papá y mamá se emocionaron mucho al reconocerle. Hubo besuqueos, lagrimones y alguna palmada en la espalda. Luego el primo me señaló con el dedo, abrió mucho los ojos y exclamó, con un acentillo como inglés que me hizo mucha gracia:

–¡Dime que no eres Aina!

De camino al coche, mamá comentó lo difícil que se les hizo reconocerle. «De hecho –explicó–, fue Aina quien te conoció, y eso que ella es la que menos te ha visto.» Papá no quiso reconocer que tampoco él identificó al primo. «Es que nos ha despistado un poco el sombrero», se excusó.

–Ah, claro, el sombrero –rió el primo, descubriéndose la cabeza y agitando su precioso pelo rubio–. ¿Os gusta? Es un panamá. –Lo miró un poco, lo estrujó como para mostrarnos lo dúctil que era y me lo puso en la cabeza–: ¿A que no sabías que el panamá es un sombrero, prima? –preguntó.

■

¿Sabéis qué fue lo primero que quiso hacer el primo al llegar? Ir a la playa a darse un baño.

–¿Y no sería mejor que descansaras un poco? –le preguntó mamá, desconcertada. Aquello no entraba en sus planes.

–No estoy cansado en absoluto –dijo él–, y llevo más de quince años sin bañarme en mi mar. ¿Me prestáis una bicicleta?

Mis padres estaban tan asombrados que no encontraron el modo de negarse.

–Puedes coger la mía –ofreció papá–, pero el camino ha cambiado mucho, tal vez tú solo no sabrás encontrar...

–Bueno –exclamó, jovial, el primo– en ese caso, Aina podría acompañarme.

Aproveché la ocasión para mostrarme eufórica. Me encanta bañarme al anochecer, y ésta es otra de las muchas cosas a las que mi padre no encuentra ningún sentido. Noté cómo me miraba con desaprobación, pero insistí. Ya no soy ninguna cría. Creo que de vez en cuando tengo derecho a hacer algo que realmente me guste.

–Estupendo –zanjó el primo, corriendo escaleras arriba–, bajo en seguida, voy a ponerme el bañador.

También yo corrí a cambiarme, y a sacar mi *mountain bike* del cobertizo. Llevaba tanto tiempo sin utilizarla que tuve que hincharle las ruedas y limpiarla un poco con la manguera del patio. Caía la tarde, y la temperatura empezaba a ser muy agradable. Cogí un par de latas de coca-cola y las metí en mi mochila, junto a la toalla. Mientras, mi padre había sacado su bicicleta del cobertizo y le estaba hinchando las ruedas.

–¡Te ayudo! –gritó el primo, al verle, pero papá no consintió que lo hiciera. Por toda respuesta, sonrió de ese modo tan extraño que suele utilizar cuando está disgustado por algo.

–Aina, ya sabes que no me gusta que salgas en bici de noche. Y menos, que te bañes –tuvo que decirlo, yo creo que si llega a callárselo, explota.

–¡Pero, tío Jaume!, va conmigo... Y además, algo de extraordinario tiene que yo haya vuelto, ¿no? Déjanos celebrarlo. –Realmente, el optimismo del primo Ferran tenía la facultad de desintegrar los enfados de papá. O de dejarle sin respuesta–. Por cierto, os he traído un regalito. –Ferran abrió una bolsa de deporte y sacó tres paquetes con lazos rojos. Nos dio uno a cada uno.

–Pero… No debías… Qué detalle… Por qué has…

–Anda, ábrelo –apremió el primo.

El mío era grande y blando. Antes de que empezara a desenvolverlo, Ferran me agarró la mano y me dijo:

–Aina, no recordaba cuántos años tenías exactamente. Pero te prometo que te haré otro regalo más apropiado en cuanto pueda escaparme a comprártelo.

Era un perro de peluche. Uno de esos muy peludos y muy suaves a los que agarrarse para dormir (yo lo hago, aunque os dé risa). Ya sé que mucha gente piensa que los peluches son para los bebés, pero a mí me encantan. Tengo muchos. Se lo dije al primo, pero no pareció muy convencido. A mamá le regaló un chal de seda natural. A papá, una raqueta de squash de competición. «Pronto, si quieres, te ayudaré a estrenarla», agregó. Los dos se quedaron con la boca abierta. Ya imaginé que, después de aquello, iba a resultar mucho más fácil fugarse a la playa. Y así fue.

Aquella primera excursión con el primo Ferran fue el principio de un verano alucinante. Llegamos a la calita de siempre unos veinte minutos más tarde, cuando el sol se perdía por el otro lado del mundo. No quedaba casi nadie en la playa, así que nos bañamos en una soledad difícil de creer en esa época del año. Hasta que no estuvimos de nuevo en la arena, viendo oscurecerse el cielo mientras nos bebíamos las coca-colas, no me di cuenta de que mi primo llevaba un *piercing* en el ombligo. ¡No me lo podía creer! Yo llevaba meses queriendo hacerme uno. Me dijo que me acompañaría a hacérmelo, si quería, y me contó que cada vez que en América se acordaba de su tierra pensaba en esta cala. Que mi madre apenas había cambiado, pero que a mi padre se le veía más barrigón. Que tenía ganas de volver a pasear por el pueblo, y recordar los lugares a los que iba de niño. Que ahora que me miraba bien creía que me parecía al bebé de su memoria. Por un momento, temí que lo dijera por los michelines. Temí que me encontrara demasiado gorda. Se me quitó un poco ese miedo cuando dijo:

–Deberías usar biquini en vez de bañador.

Aquella noche, mamá preparó una cena rarísima. Embutidos que yo no había visto en la vida, tostaditas con patés de sabores exóticos o con caviar –¡puaj!–, unas ensaladas que parecían cuadros abstractos y la famosa lata de cangrejo, en mitad de la mesa, como si fuera la protagonista de la noche. Ferran subió a su cuarto –mamá le había instalado en la buhardilla, la mejor habitación de la casa, que en tiempos de los abuelos fue un pajar o algo así– y bajó con el pelo mojado, descalzo y envuelto en un albornoz blanco. Se sentó a la mesa, nos dedicó una de sus sonrisas encantadoras y desplegó su servilleta.

–¡Me siento como nuevo! –anunció.

Fue una cena complicada. A mí no me gustaba nada de todo aquello, pero como sabía que lo habían preparado para impresionar al primo Ferran, dije que no tenía hambre. Mamá insistió tanto que tuve que probar el cangrejo y las ensaladas surrealistas. ¿Dónde estaba la tortilla y el salchichón de todas las noches?, pensé, desolada. Mientras, el primo repetía de todo y no tenía palabras para alabar a la cocinera.

Sostenía en la mano una tostadita untada con paté de anchoas cuando papá, dándose importancia pero a la vez fingiendo mucha naturalidad, le preguntó si le apetecía un poco de cangrejo. Ferran dijo que estaba muy lleno –era una excusa, lo noté en seguida– pero ante la insistencia de mi padre también él tuvo que ceder. Le dedicó grandes alabanzas a aquel pobre bicho enlatado, pero yo noté que no le gustaba, y que todo aquello lo estaba haciendo para no desairar a papá. En realidad, aquella cena le entusiasmaba tanto como a mí. Supe que estaba pensando lo mismo que yo cuando preguntó:

–¿Y ya no hacen en el pueblo aquel pan y aquellos embutidos tan ricos?

Tuve que aguantarme la risa, pero se me escapó un poco por la nariz. Mi padre lo notó, y en seguida propuso salir al patio a tomar el fresco.

–Voy a hacer café –anunció mamá.

Y yo me fui tras ella con el pretexto de ayudarla.

Papá se quedó charlando con el primo. Desde la cocina nos llegaban fragmentos entrecortados de la conversación. Hablaban de la muerte reciente de la abuela, y el primo se interesó por cómo fue, cómo se lo había tomado mamá. También hablaron de Nueva York, de los restaurantes, del hotel que Ferran poseía en San Diego, de lo necesarias que son unas verdaderas vacaciones. Le pregunté a mamá si ya sabía a qué había venido. Mamá se encogió de hombros.

–Ya nos lo contará –dijo.

No os voy a negar que los motivos del primo para volver después de tantos años me despertaban mucha curiosidad. Pensé de todo: tal vez acababan de diagnosticarle una enfermedad incurable, o era un viudo reciente que no podía vivir con sus recuerdos, o venía a saldar una vieja cuenta pendiente con un antiguo enemigo, o acudía a la llamada de una antigua novia (he de confesaros que esta posibilidad me fastidiaba mucho). ¿Y si había venido huyendo de la justicia? ¿O había matado a alguien muy importante? ¿O se había fugado de una cárcel? ¿Y si era un malhechor famoso buscado por todos los *sheriffs* de Estados Unidos? (¿Alguien sabe si en Estados Unidos todavía hay *sheriffs*?) ¿Y si era un cirujano famoso que por error había matado a alguien muy querido? ¿O un peligroso asesino en serie, un traficante de armas, un falsificador de dinero...?

En fin. Sólo me quedaron claras dos cosas: que nada de todo eso me importaba porque el primo Ferran seguía siendo fabuloso. Y que me creo cualquier cosa que salga en las películas.

■

Cómo convertir el desayuno ideal en una catástrofe: mamá se olvidó de ir al súper y a papá le apetecen donuts, así que me llama y me dice que coja la bici y me vaya al pueblo y compre dos cajas, por si al primo Ferran también le apetecen. Protesto: estoy viendo una peli, hace calor y no me apetecen los donuts (las tres cosas son rigurosamente ciertas). Papá dice que da igual, me da dinero y me ordena que me marche en seguida. Le digo que para él es muy fácil darme órdenes y quedarse tranquilamente en casa leyendo el periódico. Me dice (subiendo un poco la voz) que no me ponga impertinente. Mamá sale de la cocina. Hay bronca a la vista. Pero yo no me callo: le digo a papá que si me hubiera comprado la moto ahora no me importaría ir al pueblo y aprovecho para recordarle todas las veces que no ha cumplido su promesa. Eso le fastidia. Noto que se pone furioso. Mamá me indica con un gesto que me calle. Pero mis palabras parecen tener criterio propio, y siguen saliendo sin que yo pueda evitarlo: le digo que hasta que no me compre la moto no pienso ir al pueblo a estas horas. De pronto una mano de papá se estrella contra mi mejilla derecha. Yo me callo al instante. Siento una quemazón en la piel y noto cómo se me llenan los ojos de lágrimas, por la rabia del bofetón inesperado. Subo corriendo a mi habitación y cierro de un portazo. Oigo a mi padre decir algo de que soy una malcriada acostumbrada a salirse siempre con la suya (lo que hay que aguantar), mientras mamá trata de tranquilizarle con palabras demasiado blandas para la ocasión. Y de pronto, como surgida de otra galaxia, me llega la voz dicharachera del primo Ferran, que acaba de levantarse: «Buenos días, familia», saluda.

Seguro que más de una vez habéis sido protagonistas de una escenita como ésta. No sé vosotros, pero yo no las soporto. Me sientan fatal los ataques de genio de mi padre (mi madre dice que porque soy igual que él) y esa especie de vocación de mediadora internacional de mamá. Normalmente, los enfados no duran demasiado, pero aquél se alargó casi todo un fin de semana. Papá quería que yo me disculpara y yo quería que se disculpara él. Después de todo, era él quien me había pegado. Me pasé los días en mi cuarto, escuchando The Corrs, leyendo una y otra vez los tebeos de *Strangers in Paradise* (¡alucino con las protagonistas!) y abrazando al perro de peluche. Luego pasó lo que otras veces: los ánimos se enfrían, las palabras se olvidan, te aburres de estar aguantando la misma cara de ajo todo el tiempo, y decides simular que no te acuerdas de lo que pasó. Los problemas siguen ahí, sin resolver, sólo se trata de fingir no verlos.

Si no llega a ser por el primo Ferran, esa vez no hubiera sido tan fácil. Pero se asomó a la puerta de mi cuarto y me anunció que me había traído el regalo que me debía.

–Tú no me debes ningún regalo –le dije.

–¿Cómo que no? Le traje un regalo a una niña, y tú eres una mujer.

Aquello me encantó. Ferran era el único en aquella casa que parecía darse cuenta de que ya no soy una cría. Me tendió un paquete.

–Gracias... pero no debías...

–Calla. No me digas esas cosas absurdas que siempre dicen los adultos.

Era un biquini. Precioso. Amarillo. Le di un beso en la mejilla y su barba me arañó un poco. No sabía qué decir. Por eso dije la primera tontería que acudió a mi cabeza:

–Me gusta más que el peluche.

Rió y me pidió que le acompañara al pueblo. Decidí que era un buen motivo para salir de mi arresto domiciliario. Me puse el panamá de mi primo y bajé silbando la escalera.

■

El primo solía acostarse mucho más tarde que nosotros, y se levantaba pasadas las doce. Todas las noches después de cenar se iba a dar un paseo en solitario. Yo observaba su silueta recortada junto al muro de nuestra finca, mientras se alejaba con las manos en los bolsillos. Era el momento en que papá y mamá aprovechaban para hacer sus conjeturas.

«Parece muy solo.» «Sí, pero seguro que tiene novia.» «El otro día estuvo media hora hablando por teléfono con su abogado.» «Toda la ropa que lleva es muy buena, muy cara.» «Se ve a la legua que tiene mucha pasta.» «El biquini que le ha regalado a la niña es de marca, y no lo ha comprado aquí.» «Me ha parecido ver que en el baño tiene un neceser lleno de pastillas.» «¿Qué haría la semana pasada, en Girona?» «¿No os habéis fijado cómo le da al vino? En esto sí se parece a su padre, que en paz descanse.» «Es un inmaduro, se lo pasa mejor con Aina que con nosotros.» «Pues está en forma, el tipo. Ayer me dio una paliza a *squash* que...» «Si tu hermana le viera con el pelo largo le daba un soponcio.»

¡Y eso que no saben lo del pendiente en el ombligo!, pensaba yo.

Cuando les escuchaba hablar así sentía como si Ferran no perteneciera al mundo de los adultos. No era como papá, ni tampoco como mamá, y me parecía que, de haber podido, le hubieran prohibido hacer todo aquello que no les parecía correcto. Que era casi todo, por cierto.

Y de pronto pasaron cosas increíbles. Una tarde, me propuso que fuéramos a Girona. Al cine, dijo, y a un café internet. Dijo que necesitaba leer su correo electrónico. Terminábamos de comer, papá se iba a hacer la siesta y mamá acababa de liberarme de la obligación de fregar los platos. Odio lavar platos. ¿No existen lavavajillas? Pues la tecnología está para algo más que para hacer documentales en La 2. En fin. Papá acababa de desaparecer escaleras arriba cuando mi primo me susurró: «Ponte el biquini». No tenía ni idea de lo que tramaba, pero le hice caso. Salimos de casa temprano. Llamó a un taxi desde su teléfono móvil, y le dijo al conductor que nos llevara a Girona. Creo que nunca había recorrido en taxi una distancia tan larga.

Empezamos buscando un cibercafé. No fue complicado: hoy día, los hay en cualquier rincón perdido del mundo. El primo Ferran pidió un par de tés –no os lo había dicho, pero el té me vuelve loca– y nos sentamos frente a una pantalla. Aunque no he tenido nunca un ordenador en casa, soy una internauta experta. Se lo demostré enseñándole algunas de mis páginas web favoritas. Luego él quiso revisar su correo, tal como me había dicho. Cuando llegó la hora de marcar la contraseña, yo me sentí un poco incómoda, como si me estuviera entrometiendo en su intimidad. Él lo notó, y me dijo:

–No te preocupes, prima, te tengo confianza –y explicó–: Siempre uso la misma contraseña para todo, así nunca me olvido: es mi año de nacimiento. 1965.

Le dejé solo un ratito. Mirarle por encima del hombro mientras escribía a sus amigos me parecía muy feo. Pero, aunque me retiré a tiempo, me pareció que no tenía ningún mensaje nuevo que leer. Y así debió de ser, porque en seguida pagó los cafés y nos marchamos de allí.

–¿A dónde te apetece ir ahora, princesa?

–Hum… ¿Al cine? –propuse.

–Pues al cine. Y luego, a bañarnos a la Costa Brava.

La idea me pareció genial, y ni siquiera pensé en qué le diría a mi padre cuando me preguntara dónde habíamos estado.

Pero los planes se modificaron para mejor. Encontramos una de esas tiendas donde hacen *piercings*, y el primo me recordó lo que le había contado:

–¿No querías hacerte uno como el mío?

Lo dudé unos segundos. Como para animarme, mi primo se subió la camiseta y me enseñó el ombligo. Era muy sexy. Es curioso, cuántas cosas pueden pasar por la mente en un solo segundo. Cosas como los gritos que soltará tu padre cuando te vea el pendiente o la envidia que levantarás en clase de gimnasia cuando te duches delante de las otras chicas. La voz del primo Ferran fue como un empujón:

–¡Venga! ¿Qué es lo que necesitas pensar tanto? ¡Ni que fueran a amputarte una oreja!

Así fue como me hice el primer *piercing* de mi vida. Quedó chulísimo. Y, como podéis imaginar, levantó exactamente las reacciones que se esperaban de él, para bien y para mal.

Pero ahí no acabó todo. En cuanto salimos de la tienda, yo con mi ombligo nuevo (y un poco damnificado), Ferran me agarró de la mano y empezó a caminar a toda prisa.

–Se me acaba de ocurrir algo que te encantará –decía.

Cruzamos la calle. Él, firme y decidido. Yo casi volando, desconcertada. No sabía adónde íbamos, pero Ferran sí parecía caminar hacia un lugar bien concreto. Yo no me di cuenta hasta que casi lo tuvimos encima. Cruzamos la puerta de cristal de una tienda iluminada con luces de neón. El aire acondicionado estaba tan fuerte que me dio un escalofrío. O igual fueron los nervios de verme allí, y de no poder creérmelo. Porque de repente, empecé a entender las intenciones del primo, y a no poder aguantarme las ganas de gritar de emoción. Ferran se colocó en medio del local, en el que no se veía ningún dependiente, abrió los brazos y exclamó:

–¿Cuál te gusta, princesa?

¿Lo habéis adivinado ya? ¡Era el concesionario de una marca italiana de motos! Enhorabuena a los perspicaces.

Escogí, todavía flotando, un ciclomotor precioso, de dos plazas, con un espacio muy grande debajo del asiento para guardar cosas y de mi color favorito: el lila. El dependiente (que apareció nada más oírnos) me hablaba de un montón de cosas raras que se suponían de interés –cubicaje, cilindros, bujías, consumo– pero en mi cabeza sólo había sitio para una vocecita que me repetía: «Me va a comprar una moto, me va a comprar una moto». Tanto el vendedor como mi primo llegaron a la conclusión de que era mejor empezar por una moto de baja cilindrada, para luego ir subiendo poco a poco, si me aficionaba a la velocidad sobre dos ruedas. No me costó nada decidirme por un modelo. Ferran se interesó también por uno de esos artilugios antirrobo que se colocan en las ruedas, y pidió un par de cascos tan lilas como la moto. Me pareció que el dependiente se quedaba un poco desconcertado cuando Ferran sacó una tarjeta de crédito dorada y le pidió que cobrara.

–Hay pocos clientes que paguen al contado –dijo el dependiente, con una sonrisa un poco boba, y añadió–: Los cascos son un regalo de la casa.

Salí de aquel lugar como si tuviera alas en los pies y una tormenta tropical en el estómago. Ya en la calle, al observar mi moto nueva, brillante como en un sueño, me dio un arrebato incontrolable y me lancé al cuello de mi primo, eufórica, riendo y llorando como en un cóctel paranoico.

–Bueno, bueno, qué fácil es hacerte feliz, niña –dijo, mientras se ponía el casco.

¿Fácil?, pensé, pues hasta ahora nadie lo había

conseguido tan pronto. No me dejó conducir. Dijo que primero tenía que conseguir la licencia. Le rogué de todas las formas imaginables que me dejara llevarla un poquito, sólo un poquito, de aquí a la esquina, sin correr, con el casco puesto, venga, qué te cuesta, es que no te fías de mí, si sé ir en bici muy bien... Pero nada de nada. Dijo que si tenía tantas ganas de llevarla, me sacara la licencia lo antes posible, que antes de eso no había nada que hablar.

De todos modos, no estaba mal que condujera él. Eso me daba una excusa perfecta para agarrarme igual que un mejillón a su roca. Y para fijarme bien en cómo funcionaba aquel cacharro en el que llevaba soñando más de dos años. Estuvimos paseando por la ciudad un buen rato. De arriba abajo, sin rumbo fijo, sólo por el mero placer de pasear. Paramos un poco en el parque de la Devesa y Ferran me invitó a un granizado de limón bajo los eucaliptos. Desde donde nos sentamos se veía mi moto, aparcada junto a otras, con su antirrobo puesto, y no podía creerme que esa belleza lila fuera toda mía. Era tarde cuando nos pusimos en camino a la playa. Resultaba una gozada sentir el viento en la cara mientras recorríamos a cuarenta kilómetros por hora la carretera serpenteante. Y ya no os digo cómo me sentía agarrada a mi primo, viendo el mar al fondo, aproximarse cada vez más. Todo aquello me hacía sentir más libre de lo que jamás he sido en la vida. Ni siquiera pensaba en la cara que iba a poner papá cuando nos viera llegar montados en mi sueño lila.

El final de aquel día estuvo a la altura del resto. Nos bañamos. Compramos una pizza de tamaño familiar en un bar del paseo marítimo y nos la comimos en la playa. De vez en cuando me volvía para mirar mi moto.

–No te preocupes, que no va esfumarse –bromeó mi primo, en una de esas ocasiones.

Yo seguía teniendo mis dudas, la verdad. No sólo acerca de la moto. También Ferran parecía que iba a desvanecerse de un momento a otro, y también parecía brillar en la oscuridad. Con el pelo mojado y revuelto, la toalla sobre los hombros y la porción de pizza en la mano, tenía más aire de un compañero de clase de esos que han repetido varias veces curso que del pariente de quien mis padres llevaban hablando toda la vida. Me resultó curioso, porque en un segundo pensé que ni Brad Pitt ni Leonardo di Caprio podían compararse con él. Ferran era el hombre ideal, el mejor, el príncipe azul. Mi príncipe azul montado en mi moto lila.

■

Soy muy aficionada a hacer listas. Listas de cualquier cosa. De lo que tengo que hacer, de mis platos favoritos, de personas a las que quiero, de chicos interesantes a quien conozco, de pelis que me han gustado, de nombres de perro (por si un día me compran uno), de profesiones a las que no quiero dedicarme, de amigas a las que tengo ganas de ver, de especies amenazadas... Cuando debo tomar una decisión importante y no acabo de verlo claro, cojo un papel y pongo en una columna los pros y en otra los contras del asunto. A veces, eso me ayuda a aclarar mis ideas. Sólo a veces, porque otras descubro que los contras son muchos más de los que pensaba y entonces me pongo nerviosa y escondo la lista.

Durante el verano pasado hice una de esas listas con pros y contras. Dos columnas: en una, lo que me gustaba del primo Ferran. En la otra, lo que no me gustaba. Quedó más o menos así:

Sí	**No**
Moto	Vive muy lejos
Ombligo (*piercing*)	Puede que tenga novia
Pelo (largo)	
Sentido del humor	
Acento (inglés)	
Perro de peluche (regalo)	
Biquini (regalo)	
Sonrisa	
Me llama mujer	
No le hace caso a nadie	
No le lame el culo a papá	
Parece más joven	

Notaréis que la cosa estaba claramente inclinada hacia el «Sí». Pero en el «No» se coló un detalle muy importante que comenzaba a obsesionarme: su novia. Era como un nubarrón negro y gordo en mitad de un cielo de verano.

■

¿Por qué para llevar *mi* moto por *mi* pueblo, pagando la gasolina con *mi* dinero, tengo que aceptar *sus* leyes (las del gobierno, las del Estado, las de quien las redacte) y jorobarme en una autoescuela hasta que me den *su* licencia? Todavía me lo pregunto, pero lo hice: me jorobé en una autoescuela y me saqué la licencia. Papá estaba tan enfadado conmigo (y con el primo Ferran, aunque no se atreviera a decírselo) que no osé pedirle que me pagara la autoescuela y tuve que espabilar. Por suerte, no resultó muy caro, y no me costó demasiado conseguir que alguien respondiera a los anuncios que colgué en la panadería, en el quiosco y en el bar junto al mercado. Decían más o menos así: «Muy buena estudiante de bachillerato da clases particulares y se ofrece como canguro». Perdonad la inmodestia, pero es la pura verdad: mis notas son buenísimas. Pronto tuve dos alumnos (eran gemelos) que se atragantaban con las matemáticas y un par de parejas jóvenes con niños pequeños y muchas ganas de salir. Desde ese momento, fui al pueblo dos tardes a la semana, y a veces me quedé hasta la madrugada, «cangurando» hasta tarde. Suerte que en esos primeros días, el primo Ferran vino muchas veces a buscarme con mi propia moto. Creo que se sentía orgulloso de mí porque fui capaz de luchar por lo que quería. Y creo que papá también lo estaba, aunque simulase seguir enfadado por lo del *piercing* y lo de la moto. Bueno, lo de la moto le duró menos, porque un día el primo le dijo que se lo tomara como un modo de devolverle todo lo que habían hecho por él. A veces, todo es una cuestión de enfoque. Según cómo miras las cosas, las ves blancas, negras o lilas (ya os he dicho que el lila es mi color favorito). Pero mi ombligo, para mi padre, seguía siendo una aberración, y no había modo de convencerle de lo contrario. Una noche nos peleamos porque yo le dije que Ferran también llevaba un pendiente en el ombligo. Papá se puso a gritar a todo pulmón: «Tu vida no es la del primo Ferran, para que te enteres, él puede hacer lo que le dé la gana, el dinero da mucha libertad, y más cuando lo has ganado peseta a peseta». (Debería haber dicho dólar a dólar. O euro a euro.)

Papá –¿lo habéis adivinado?– está obsesionado con el dinero: sueña con coches carísimos, relojes de oro macizo y vacaciones navideñas en Baqueira Beret. No es que a mí no me dejara alucinada que alguien pueda comprarse todo lo que le apetezca, era sólo que si Ferran hubiera estado tan arruinado como yo, también me habría enamorado de él. Sí, sí, ya me he atrevido a escribir la palabra clave: enamorarse. Por si nunca os ha pasado, os advierto que no es tan bonito como parece desde fuera. De repente te sientes como si te hubieran quitado las pilas: sin ganas para hacer nada salvo pasarte horas mirando al cielo, escuchando música o escribiendo versos tontos. O leyendo a poetas de esos que saben decir las cosas tal como tú las sientes (que son sólo los buenos), como Pablo Neruda: *Puedo escribir los versos más tristes esta noche. / Pensar que no lo tengo, sentir que lo he perdido.* Bueno, Neruda escribió «la», pero seguro que no le importaría que lo adapte a mis necesidades. De pronto, es como si todas las canciones de amor del mundo hablaran de ti, y como si los protagonistas de todas las películas fuerais tú y tu chico. Te sientes blanda como un muñeco de peluche, pero a la vez es como si alguna vocecita interior te inculcara la fuerza de un tornado. Sobre todo, cuando él está cerca.

Me di cuenta de que me había enamorado de mi primo durante la única semana de las vacaciones que él pasó fuera. Dijo que se iba a Francia, a ver a unos amigos, me pidió que le prestara mi mochila y desapareció. Aquella semana se me hizo eterna, y eso que aproveché para todo lo que os he contado: clases, canguros, autoescuela... Conseguí mi licencia de ciclomotor antes de que terminara el mes de julio, y a partir de ese momento deseé con todas mis fuerzas que volviera Ferran para enseñarle lo experta conductora que había llegado a ser en sólo dos días. Pero el primo no volvió la noche que le estábamos esperando. Y eso que papá y mamá quisieron que nos quedáramos hasta tarde, por si aparecía o daba señales de vida. Y nada. Cuando se acabó la última película en la televisión, papá dijo que sería mejor acostarse, que igual Ferran vendría por la mañana, o nos mandaría otro telegrama. La verdad, nunca he entendido por qué papá se empeña en no tener teléfono en la casa de L'Empordà. Dice que ya está bastante colgado del auricular durante todo el año para seguir igual durante el único mes que tiene para relajarse, pero yo opino que vivir sin teléfono es como estar otra vez en la época de las cavernas. Y por voluntad propia, que es peor. Si por lo menos me comprara el famoso ordenador, pensaba entonces.

Pero a lo que iba. Una vez los tres nos metimos en la cama, la casa enmudeció. Afuera tenía lugar el concierto de todas las noches: se oían los grillos, alguna lechuza, el rumor de las hojas de los árboles al moverse con la brisa… y los ronquidos de papá. Igual que en cualquier noche de verano. No tenía sueño, así que esperé un tiempo prudencial y me levanté. La luna estaba ya alta y yo me entretuve en mirarla. Estuve un rato junto a la ventana, en pie, muy quieta –me encanta la brisita de las noches de verano, aún ahora me recuerda las veces que nos bañamos con Ferran en el mar, después de anochecer– y allí fue donde se me ocurrió la peor idea de las vacaciones. Sólo que en aquel momento me pareció una ocurrencia genial, de esas que tienes que llevar a cabo inmediatamente o parece que tengan que explotarte en el estómago.

Subí la escalera procurando no hacer ruido (es difícil, porque los escalones son de madera y crujen como en las pelis de miedo). Me detuve un momento para respirar hondo frente a la puerta del cuarto de invitados, y me armé de valor para girar el pomo y abrir. Todo salió bien. Papá seguía roncando como si tal cosa, la noche continuaba con su concierto en sesión continua y yo estaba en el cuarto de mi primo, contenta como quien acaba de coronar el Everest. En ese momento no podía saberlo, pero por la mañana iba a tener que enfrentarme a preguntas del tipo de: «¿Qué buscabas exactamente en el cuarto de tu primo?» o «¿qué pensabas encontrar allí?». La verdad es que no pensaba encontrar nada en especial, ni estaba buscando nada en concreto, sólo quería sentirme entre sus cosas y –aunque esté mal– hurgar un poco en sus secretos, para ver si podía enterarme de algo que no supiera. Por ejemplo, si tenía novia. En las cinco semanas que llevaba con nosotros, no había pronunciado ni una palabra acerca de ninguna mujer (os puedo asegurar que estuve muy atenta), y tampoco sobre sus amigos o sus conocidos en Nueva York. Escuchándole, cualquiera hubiera creído que no conocía a nadie en la ciudad de los rascacielos. O que no le apetecía hablar de eso. Así que mi principal objetivo aquella noche, cuando entré en su cuarto, era localizar alguna pista sobre cualquiera que pudiera tener algo que ver con Ferran. ¡Y vaya si lo conseguí!

Al principio, nada me pareció muy interesante. Ropa revuelta, limpia y sucia, un reproductor portátil de discos compactos, algunos cedés –Lou Reed,

Santana, Celine Dion, Aute; un revoltillo musical, vaya–, una armónica, un par de neceseres con más potingues que los que lleva mamá de viaje, una cámara de fotos sin carrete, algunas revistas de coches, unas zapatillas de playa... Fue al cerrar la maleta cuando noté que algo resbalaba por uno de los laterales, y lo oí estrellarse con un golpe seco contra el suelo. Primero contuve la respiración, asustada, por si el golpe despertaba a mis padres. Cuando estuve segura de que nadie salvo yo estaba despierto en la casa a aquellas horas, me agaché bajo la cama, y vi el teléfono móvil del primo Ferran. Seguro que lo había olvidado, porque no solía separarse de él ni un momento. Aquel hallazgo me animó: hoy en día un teléfono móvil puede ser un baúl de las sorpresas, sólo con que su propietario lleve fuera un par de días o sea lo bastante despistado. Lo puse en marcha. Emitió un pitido metálico, como si se quejara de que le despertaran a esas horas. En pantalla apareció un mensaje: «Entre pin». Me acordé de las palabras de mi primo en el café internet –«así nunca me olvido»– y marqué su año de nacimiento: 1965. El aparatito reaccionó de inmediato mostrando un mensaje que decía: «Buscando redes». Y pronto estuvo a mi entera disposición, con la batería cargada del todo y al máximo de cobertura. Se me dan bien los aparatos. Apreté la tecla de la flecha que señalaba a la derecha y en la pantalla apareció: «Opciones de menú». Apreté otra vez: «Guía de teléfono». Esta vez presioné la tecla «Ok». Y antes de que pudiera ver el siguiente mensaje, aquel cacharro se puso a sonar. Tres pitidos largos, como una ambulancia. Luego calló. La verdad, me dio un susto de muerte. Otra vez tuve que aguzar el oído para saber si mi padre se había despertado. Me asomé a la escalera y comprobé que seguía roncando con naturalidad. Uf, suspiré, antes de volver a la carga. Ahora en la pantalla aparecía algo distinto: «Mensajes, ¿leer ahora?», leí. Pulsé de nuevo la tecla «Ok». El mensaje cambió. Ahora decía: «Llame 123».

Le hice caso. Marqué el 123 y esperé. Acababa de destapar la caja de los truenos.

■

El primo Ferran no volvió hasta pasados cinco días. Regresó tan sonriente como de costumbre, y nos pidió que le perdonáramos, pero que unos amigos suyos le habían invitado a navegar y no habían tocado tierra en todo ese tiempo. Me fijé en que no estaba demasiado moreno, pero no me hizo falta constatar ese detalle para saber que estaba mintiendo. También dijo que le habían llamado desde Nueva York y que debía regresar con urgencia porque uno de sus restaurantes había sido afectado por una especie de ciclón. Nos habló mucho rato de los destrozos, de eso que en los telediarios siempre llaman «los daños materiales». Era increíble lo bien que se le daba inventar historias. ¿Cómo habían podido llamarle, si su teléfono estaba en mi cuarto?

Para cuando el primo Ferran regresó, mi lista sobre él ya estaba mucho más compensada. Ya había muchas más cosas en el «No» que en el «Sí». No estaba menos enamorada que cinco noches atrás, pero sí mucho más dolida y mucho más triste. Con una tristeza que no podía compartir con nadie, porque sentía que nadie iba a entenderla, y que era pegajosa y desagradable, como esas manchas de tinta que sabes que por mucho que laves tus pantalones favoritos, nunca desaparecerán. Mis padres, claro, tampoco conocían el motivo de mi cambio de actitud respecto al primo. Preferí no decirles lo que encontré en el móvil. Acabaron sorprendiéndome, porque mamá se había levantado para ir al baño cuando me vio bajar las escaleras. Me lanzó uno de esos «Mañana hablaremos» que tanto odio, y ni siquiera se dio cuenta de que estaba llorando. Por la mañana me sometieron a esa especie de interrogatorio que ya os he contado, pero la cosa acabó con una regañina y un par de horas de caras largas. Aún salí ganando, porque papá empezó a preocuparse de verme tan triste, y a tratar de animarme por todos los medios. Incluso empezó a hablar del ordenador, por primera vez en su vida. No podían ni imaginar lo que me sucedía en realidad.

Lo más trabajoso en esos días fue no dirigirle la palabra a mi primo. Toda yo era una contradicción: por un lado, no podía evitar sentir hacia él esa tontería absurda e inexplicable del amor. Por otro, me era imposible olvidar las cosas que escuché cuando accedí a sus mensajes. Estuve a punto de devolverle la moto, pero de pronto pensé: «Qué tonta, mejor aprovecho lo bueno que tiene lo malo». Además, hacerlo hubiera supuesto desenmascararle delante de mis padres, y prefería que ellos siguieran creyendo que el hijo de mi tía Montse y mi primo Andreu era «un hombre que siempre supo lo que quería, que se había hecho a sí mismo, que había ganado con su sudor hasta el último céntimo, que había vuelto al pueblo en busca de sus raíces y bla, bla, bla...» sin preguntarse nada.

Sólo la noche antes de que Ferran se marchara subí a su habitación. Quería despedirme de él, y devolverle su teléfono y su sombrero, el panamá que me regaló el primer día. Llamé cuidadosamente a la puerta con los nudillos.

–Vengo a devolverte esto –le dije, a bocajarro. No tenía ganas de charla.

Me miró como si entendiera de pronto mi silencio de los últimos días. Tomó el teléfono muy despacio, lo puso en marcha, marcó la contraseña.

–No tiene batería –dijo.

–La he gastado yo –respondí.

–¿Has estado llamando, princesa? –preguntó, tratando de aparentar naturalidad.

–No –respondí, rotunda. Me costaba articular las palabras.

Otro silencio larguísimo. Los silencios pasan despacio cuando estás buscando las palabras exactas con que llenarlos. Qué curioso. Recuerdo que en ese instante pensé que no se parecía nada a Brad Pitt o a Leonardo di Caprio. Ni siquiera le encontré guapo. Igual era la luz del cuarto.

–No hace falta que me devuelvas el panamá. Fue un regalo.

Me tendió el sombrero de paja.

–No lo quiero –dije.

–Comprendo. Estuviste hurgando en mi móvil –me resultó curioso que lo dijera sin enfadarse, con una voz como de persona muy cansada.

No contesté.

–Lo siento mucho, Aina. De verdad. Pero no debiste hacerlo.

Me dio rabia tener ganas de llorar. Sólo conseguí decir:

–Parecías un tío legal. Eras perfecto.

Creí que era mejor marcharse que ponerse a berrear como un bebé. Abrí la puerta. Y fue entonces cuando le oí decir:

–Lo perfecto siempre es sospechoso, Aina. No te olvides.

Lo perfecto siempre es sospechoso. Pensadlo. Es verdad.

Creo que eso fue lo más importante que aprendí el verano pasado. Además, claro, de qué se siente cuando te enamoras por primera vez y que el panamá es un sombrero.

El primo se fue el 20 de agosto. No hemos vuelto a saber de él. Papá y mamá aún no saben a qué vino, pero prefieren creer aquello que dijo mamá: necesitaba encontrarse con sus orígenes y volver a su tierra. Bobadas. Sólo yo sé a qué vino exactamente.

Sí, ya imagino que debéis sentir mucha curiosidad por saber qué decían los mensajes del buzón de voz de Ferran. Soy incapaz de contarlo de un modo ordenado y, además, no me gusta recordar las cosas que me han dolido. Entre la famosa nochecita de mi curiosidad y el día que el primo se fue, los escuché docenas de veces, hasta agotar la batería del aparato. Lo hice para escribir una de mis famosas listas. La tengo muy bien guardada en el fondo de un cajón que casi nunca abro, para que nadie la encuentre, pero de vez en cuando la saco y pienso en aquellas palabras de Ferran: «Lo perfecto siempre es sospechoso», y vuelvo a leerla detenidamente, y le doy la razón.

Respecto a la lista, es como todas las mías. Lo apunté todo, como de costumbre. Si no lo hubiera hecho, seguramente seguiría enamorada de mi primo. Mi primo, el mayor embustero de la historia. Ah, se me olvidaba. Mi padre no tardó ni dos días en aparecer por la casa de L'Empordà con un ordenador. Dijo que era mi regalo anticipado de cumpleaños. Por fin hemos salido de la edad de las cavernas.

Mensajes encontrados en el buzón de voz del primo Ferran

–Mensaje número 1. Recibido el 12 de agosto a las 14.32.

«Hola cuñado, soy Ned. Sólo quería saber cuánto tardarás en llegar, para asegurarme de que no nos das esquinazo otra vez. Estamos un poco hartos de tus excusas, ¿sabes? Yo no voy a sentir lástima por ti, como mi hermana. Quiero que pasemos cuentas. Mis abogados y yo te estamos esperando.»

–Mensaje número 2. Recibido el 12 de agosto a las 16.15.

«*Fuck!* Ferran, dónde estás. Si no has llegado en una hora, llamaremos a la policía.»

–Mensaje número 3. Recibido el 12 de agosto a las 17.22.

«Hola, mi amor. Quería saber dónde estás. Estoy desconcertado. Acaba de llamarme un loco con acento inglés contándome cosas increíbles sobre ti. Necesito hablar contigo, no entiendo nada.»

–Mensaje número 4. Recibido el 12 de agosto a las 18.01.

«Hola. Otra vez el buzón. Necesito hablar contigo, no con esta máquina. Llevo un buen rato pensando en todo lo que me ha dicho ese hombre. Dice que es tu cuñado. Que te casaste con su hermana, que tuvisteis una hija. Que lo hiciste por dinero, que les has robado no sé cuántos millones. Me ha hablado de unos restaurantes en Nueva York, creo. Y en México. Dice que es tu táctica habitual. Me ha preguntado si no te has interesado por mi dinero. No le he dicho nada de lo de las acciones de la empresa. No puedo creer que me hayas... Aunque todo concuerda. Es como si hablara con otra persona. Como si llevara siete años con otro. Soy un imbécil. Llámame, en seguida.»

–Mensaje número 5. Recibido el 12 de agosto a las 18.13.

«Qué sorpresa, cuñado, tu pareja el sarasa cambia constantemente. Ahora se llama Daniel y no tiene ni idea de quién eres. ¿Y a tu familia? ¿Qué les has dicho? ¿Saben que eres marica y ladrón? ¿O aún creen que vives en el extranjero, pobre gente?»

–Mensaje número 6. Recibido el 12 de agosto a las 18.37.

«Soy yo otra vez. Ese hombre ha vuelto a llamar. Ted, se llama. Le he preguntado algunas cosas. Quiero que hablemos antes de tomar una decisión. Llámame.»

–Mensaje número 7. Recibido el 15 de agosto a las 16.20.

«Hola, Ferran. Soy Stella, tu hija. El tío Ted no sabe que te estoy llamando. Te he llamado a tu casa de Madrid, pero he colgado al oír la voz de tu novio. Bueno, creo que es tu novio. El tío dice que has tenido muchos, que las mujeres sólo te interesan para robarles el dinero. No te preocupes, no le he dicho nada. Tenía una voz muy triste. Sólo quiero que sepas que a mí el dinero no me interesa, pero que no te perdonaré nunca. Nunca, aunque viva cien años. Mamá siempre esperaba que volvieras. Te llamó antes de morir. Yo no quiero verte nunca.»

–Mensaje número 8. Recibido el 15 de agosto a 19.10.

«Éste es un mensaje para el señor Ferran Moret. Le llamo del bufete de abogados *Codina e hijo* para decirle que hemos revisado, como nos pidió, el testamento de su abuela, y lamentamos comunicarle que sus tíos son legítimos propietarios de la finca de L'Empordà, según consta en las últimas voluntades de la difunta. Le recomendamos, por ello, no impugnar dicho testamento. De todos modos, si decide usted llevar a cabo la impugnación, sentimos tener que decirle que este bufete no podría hacerse cargo de su caso, atendiendo al escaso éxito que le augura a ese proceso. Para cualquier otra cosa, estamos a su disposición.»

–Mensaje número 9. Recibido el 15 de agosto a las 21.04.

«Hola Ferran, soy Clara, ¿te acuerdas de mí? Nos conocimos a principios de junio, en la fiesta de Bet. Bueno, espero que no me hayas olvidado. Yo he pensado mucho en ti. Tus flores me gustaron mucho, por cierto. Perdona que no te dijera nada antes, es que estaba de viaje, con papá. Ha habido problemas en una de las fábricas alemanas. Pero no te voy a aburrir con cuestiones de negocios. Bueno, llámame cuando quieras. Me encantaría volver a verte, y repetir lo de aquella noche. Un beso. En los labios.»

Barcelona, febrero 2000

PRONÓSTICO RESERVADO
Miguel Mena

No me entusiasma viajar en coche con mis padres porque se pasan todo el rato discutiendo. Para mi madre todo lo que sea superar los cuarenta kilómetros por hora es una velocidad suicida, y mi padre no deja de enredar en la radio buscando algún programa deportivo.

–Mejor harías en mirar a la carretera –dice mi madre.

–Lo que tengo que hacer es comprar otro aparato –contesta él–. ¡Aquí no se sintoniza nada!

Lo de mi hermana Lucía es peor. Ella se dedica a hablar por el móvil y chilla como una condenada, unas veces porque cantan un gol en la radio, de esos que duran una eternidad y dejan al locutor sin pulmones, y otras porque pierde cobertura.

–¡Espera, espera, que viene un túnel! –grita, como si hablase con el infierno–. ¡Cuelga, cuelga! ¡Te llamo cuando pase!

A veces discuten los tres, pero Lucía no deja de

hablar por teléfono ni cuando está peleando con mis padres. Hay días en que pongo el volumen del walkman al diez y sigo escuchándolos. He probado con todo: heavy, hardcore, punk, trash metal, speed metal, hip-hop; da igual, suene lo que suene, siempre escucho por encima las voces de mi madre, de mi hermana y del presentador de *Carrusel Deportivo*. El día que se me perforen los tímpanos, cuando me quede sordo como un cajero automático, ya sé a quién tengo que echarle la culpa.

La tarde del accidente era como todas las demás, como tantos y tantos domingos en los que volvemos del pueblo de ver a los abuelos. Recuerdo que el Barça empataba en San Mamés, el Madrid perdía en casa y al Zaragoza le habían pitado un penalti injusto en La Romareda. Mi padre le dijo unas cuantas cosas al árbitro y mi hermana tuvo que aclararle al amigo con quien hablaba por teléfono que los insultos no tenían nada que ver con él. Yo escuchaba a los Smashing Pumpkins y de fondo a mi madre, que volvía a repetir: «¡Carlos, ponte el cinturón!», aunque sabe que jamás lo uso cuando voy detrás. En fin, un ambientazo.

Así bajábamos por el puerto de Paniza cuando aún era de día, con un tráfico intenso pero fluido, sin llegar a formarse una caravana. Habían caído cuatro gotas; esa clase de lluvia que sólo consigue ensuciar los coches y dejar resbaladiza la carretera. No existía ningún peligro en el horizonte, pero mi familia no necesita riesgos para complicarse la vida.

Sucedió que el sonido de la radio se perdía y se recuperaba en cada curva; al girar hacia un lado se colaban las interferencias –una maraña de ruidos indescifrables–, y al mover el volante en sentido contrario volvía el fútbol. Eso era someter la paciencia de mi padre a una prueba muy dura. Intentó buscar otra frecuencia menos escurridiza, pero bajar el puerto con una mano y un ojo en la radio es bastante complicado, y hacerlo así con mi madre al lado es sencillamente imposible. Fue ella la que dio un grito cuando le pareció que nos íbamos demasiado a la derecha. El alarido sobresaltó a mi padre. Si hubiese reflexionado un instante habría visto que aún nos sobraba un trozo de arcén, pero se puso nervioso y hundió el pie sobre el freno. Ésa fue nuestra perdición.

Descubrimos que la calzada era una pista de patinaje no apta para frenazos bruscos. El coche dio dos bandazos y se fue de lado. Aún me pareció oír a mi hermana diciendo: «¡Cuelga que te vuelvo a llamar!», pero a lo mejor sólo lo soñé. Sí, seguramente lo soñé despierto en esos segundos interminables en los que volé fuera del coche, porque en el primer vuelco salí despedido por la puerta trasera y observé todo a mi alrededor como si fuera una película a cámara lenta. Me vi rodar como un pelele, con el walkman volando a mi lado y el coche un poco más allá, restregándome con los matojos mientras sentía punzadas en diferentes partes del cuerpo. Cuando por fin me detuve, noté un extraño silencio. Ni Smashing Pumpkins ni *Carrusel Deportivo* ni el teléfono de mi hermana ni el canto de los pájaros. Fue un instante de silencio absoluto. Como si hubiesen desenchufado el mundo. Pero debieron de volver a conectarlo en seguida porque lo siguiente que escuché fue la voz de mi madre saliendo de un lugar indeterminado a mis espaldas:

–¡El chico! –gritaba–. ¡¿Dónde está el chico?!

Supuse que el chico era yo y que quizá mi obligación también era gritar para que mi madre se tranquilizara, pero fui incapaz de alzar la voz. Me sentí como en esos sueños en los que parece que te han cosido los labios y, por más que lo intentas, no puedes pedir auxilio.

Pronto oí más voces que la de mi madre, pero no eran del resto de la familia. Se trataba de personas que acudían a socorrernos. Eran los ocupantes de los coches que venían detrás y acababan de presenciar el accidente. Mientras permanecía en el suelo, de medio lado, vi cómo se aproximaban varios pares de zapatos y botas que al llegar junto a mí discutieron sobre lo que debían hacer.

–¡No lo mováis! Puede tener la columna rota –dijo alguien con ganas de amargarme la tarde.

–Hay que ponerlo sobre algo rígido –añadió otro voluntario.

–Mejor esperamos a que llegue la ambulancia.

–¡El pulso! ¡Hay que tomarle el pulso!

Quería hablar; preguntarles por el resto de la familia y pedir que me limpiaran los labios porque la boca me sabía a sangre y barro, pero fui incapaz de decir algo. Sólo conseguí mover un poco la cabeza cuando uno de aquellos tipos me preguntó si me encontraba bien, una pregunta un poco estúpida cuando acabas de estrellarte, aunque no tanto como mi respuesta porque cabeceé diciendo que sí, que me encontraba bien, cuando en realidad estaba a punto de desmayarme. Y eso fue lo que pasó: que perdí el conocimiento, que me dejé ir, como si me durmiera, mientras de fondo escuchaba los gritos de la gente que me rodeaba, gritos que fueron difuminándose, haciéndose cada vez más lejanos, más tenues, más difusos... hasta que me sumergí en un silencio absoluto.

***

Servicio de Emergencias, 112
Parte de incidencias del domingo 10 de mayo. Turno de tarde.

19 h 27 min

Se recibe aviso telefónico desde el restaurante El Balcón de Paniza comunicando un accidente en sus proximidades con la posibilidad de que haya heridos graves. Se pasa aviso inmediato a los servicios de tráfico y ambulancia más cercanos, movilizándose ambos en apenas un minuto.

***

Algo me sacó de aquel profundo silencio. Fue una sensación extraña. Primero noté un frescor en mi pecho, como si me abanicaran por dentro. Casi al mismo tiempo aprecié otro sabor en mis labios. Ya no era el regusto a barro que había sentido poco antes. Era algo igual de húmedo, pero más sabroso. Poco a poco también comencé a percibir sonidos. De nuevo escuchaba voces a mi alrededor. Entonces entreabrí los párpados y lo que vi me hubiese paralizado de no haber sido porque ya lo estaba: a un palmo de mi cara, en un primerísimo plano, me encontré otro rostro, el de una chica guapísima. Tenía el pelo negro, corto, y los ojos claros. Era más guapa que la cantante de Texas, mucho más que las Corrs, por encima incluso de Natalie Imbruglia. Yo no sabía que hubiese chicas así fuera de los escenarios. Tal vez estaba muerto y lo que veía era un ángel.

La sorpresa de verla junto a mí fue pequeña comparada con lo que sucedió después, porque la chica no se limitó a mirarme; apenas me reponía de la impresión de ver su cara cuando ella se inclinó sobre mí y posó sus labios sobre los míos. Si no estaba muerto ya, pensé que moriría en ese mismo instante. Aunque la sensación fue la contraria: nuevamente sentí correr el aire, otra vez noté un sabor dulce. Fueron unos segundos. Volvió a levantarse, permitiendo que observara otra vez aquel rostro increíble, y luego puso sus labios sobre los míos. Y luego se levantó, y luego puso sus labios sobre los míos, y luego se levantó, y luego puso sus labios sobre los míos, y luego se levantó, y luego puso sus labios sobre los míos...

No sé lo que duró aquello. No fue mucho tiempo, pero sí muy intenso. Acabó de golpe. De repente dejé de verla a ella y lo que apareció ante mí fue un tipo, con una gran cruz roja en el pecho, que me colocó una mascarilla sobre la cara. A continuación sentí que me trasladaban sobre una camilla y era introducido en una furgoneta que resultó ser una ambulancia. Intenté revolverme en busca de aquella chica que había estado reanimándome, pero apenas podía ver otra cosa que manos, petos y el techo del vehículo. Después metieron a mi hermana conmigo –la oí preguntar por su teléfono móvil– y entonces salimos disparados mientras un hombre me inyectaba algo en el brazo. Recuerdo que sonaba la sirena y que intenté recordar los rasgos de la chica que me había hecho la respiración boca a boca, pero me quedé dormido sin ver otra cosa que los destellos anaranjados de nuestra luz de emergencia.

***

Comandancia de la Guardia Civil de Zaragoza
Puesto de Cariñena

Parte de incidencias:

En la tarde del domingo día 10, alrededor de las 19.30, en el kilómetro 442 de la N-330, se ha salido de la vía el vehículo turismo marca Opel, modelo Astra, matrícula Z-4228-CF, con cuatro ocupantes a bordo. Personados en el lugar de los hechos pocos minutos después del accidente, comprobamos que en el interior del coche hay tres heridos que presentan diversas contusiones, mientras el cuarto se halla tendido en la cuneta, adonde ha sido trasladado por otros automovilistas tras salir despedido en el choque. Este último es quien muestra un peor estado, con pérdida parcial de conocimiento y síntomas de asfixia, por lo que se procede de inmediato a realizar la respiración artificial (el herido recupera el sentido, a juzgar por lo mucho que abre los ojos) hasta que llegan las asistencias sanitarias con un equipo de oxígeno y proceden a evacuar a todos los accidentados.

Firmado:
Inés Casanova
Agente n.º 3859

***

La UCI es un lugar con muchos cables, pero ninguno de ellos está enchufado a un aparato de música. Lo único que se escucha allí es el sonido de la ventilación y ese suave calambre que suena siempre donde hay un fluorescente encendido.

Cuando abrí los ojos en Cuidados Intensivos me

sentí como en una pecera. Delante de mí había un gran cristal y tras él la cara de mi tía Aurora. Se alegró mucho de verme despertar y comenzó a gesticular y a decirme cosas que yo no podía oír. La veía mover los labios, pero no entendía lo que quería decir, salvo cuando se llevaba la mano a la boca y me mandaba besos.

Después apareció una enfermera, esta vez en el mismo lado del cristal donde me hallaba, lo cual me permitió, al fin, poder hablar con alguien.

–Vaya, por fin despierta el amigo Carlos –dijo aquella mujer de bata blanca.

¿Sería capaz de expresarme? Por un momento pensé que no lograría articular una palabra, que seguiría sin aliento para hablar, como me había sentido tras el accidente. Tomé aire y lo intenté.

–¿Cuánto tiempo llevo aquí? –pregunté haciendo una gran esfuerzo.

–Poco; sólo un día, y si todo va bien mañana pasas a una habitación.

–¿Y la chica?

–¿Qué chica?

–La chica que me salvó.

–No sé nada de eso. ¿No quieres saber cómo están tus padres?

–¡¿Mis padres?! Sí, claro; ¿qué pasa con mis padres?

–A tu padre le daremos el alta hoy; sólo tiene contusiones. Tu madre y tu hermana tienen que reposar algo más, pero tampoco es grave. Están abajo, juntas en una habitación.

Mi tía seguía al otro lado del cristal, viéndome hablar con la enfermera. Me pareció que se secaba una lágrima y eso me produjo un escalofrío y una duda.

–¿Estoy muy grave? –pregunté con el corazón encogido.

–Ingresaste con pronóstico reservado.

–¿Y eso qué quiere decir?

–Eso significa que hay dudas, que no está muy claro lo que pasa ni se sabe cómo puede evolucionar el caso.

–Pero entonces... ¿me voy a morir? –dije angustiado, porque eso significaría algo peor que perder la vida, eso suponía quedarme sin conocer aquella chica maravillosa.

–No digas tonterías. A ti te falta mucho para morirte. Ha sido un susto; una conmoción tan fuerte que te quedaste sin respiración. Luego hubo que sedarte y tenerte en observación, pero evolucionas bien. ¡Así que ahora silencio y a descansar!

Lo dijo con una energía que me tranquilizó mucho. Las enfermeras hablan con suavidad a los que no tienen remedio, pero no necesitan tanta delicadeza con quien se está curando. Eso me animó a pedirle algo:

–¡Espere! ¡Sólo quiero una cosa más!

–¿Qué?

–¿Puede traerme mi walkman, un teléfono, un televisor portátil y algunos videojuegos?

Pues no. Dijo que no, que allí estaba para curarme, no para organizar una fiesta. O sea que mucha mascarilla, mucho tubo, mucho cable y mucho cuidado físico, pero no harían nada por levantarme la moral; ni ayudarme en mi búsqueda ni proporcionarme algo que me permitiera matar el tiempo. Yo me pregunto por qué te salvan la vida si luego hacen todo lo posible para que te mueras de aburrimiento. De esa infección nunca te libras en los hospitales.

***

Comandancia de la Guardia Civil de Zaragoza
Nota informativa

Desde esta comandancia se ha observado en los últimos días un alarmante aumento de todo tipo de incidentes, por lo que se recuerda a todos los agentes la necesidad de que extremen el celo en las jornadas festivas que empiezan a vivir muchas localidades de la provincia con el fin de evitar, en la medida de lo posible, accidentes de tráfico, peleas y altercados que pudieran provocar las personas que abusen de las bebidas alcohólicas.

***

Mi primo Pedro tardó tres días en venir a visitarme y entre los dos nos costó media hora convencer a mi tía Aurora para que se fuese a dar una vuelta y nos dejara solos. Eso ocurrió cuando ya me habían bajado a la octava planta, después de pasar dos días de observación en la UCI, tras comprobar que había superado la conmoción cerebral y el ahogo. No me había reventado ningún órgano interno y sólo revestían cierta gravedad las erosiones que me produje en brazos y piernas, que requerían limpieza y cuidados especiales. En cuanto cicatrizaran me mandarían a casa. Pero yo no podía esperar tanto.

–Tienes que ayudarme –le dije a mi primo cuando nos quedamos solos.

–¿A qué?

–Tengo que encontrar a una chica.

–¿Del instituto?

–No; una chica que conocí en el accidente.

–¡¿En el accidente conociste una chica?! ¿Cómo? ¡Pero no te estabas muriendo!

–Fue lo último que vi antes de meterme en la ambulancia. Una chica maravillosa que me hacía la respiración boca a boca.

–¿Seguro que no lo soñaste? A lo mejor era un médico con bigote y tú imaginaste otra cosa para no morirte de asco.

–Demasiado joven para ser médico y demasiado guapa para tener bigote. ¡Y te juro que no estaba soñando!

–¿Y si te drogaron?

–Me drogaron después, los de la Cruz Roja, pero no me habían inyectado nada cuando la vi. Debía de ir en alguno de los coches que venían detrás de nosotros y se detuvieron para ayudarnos.

–Entonces olvídate. No habrá manera de encontrarla. No puedo echar el alto a todos los coches que pasen por esa carretera para preguntarles si llevan una socorrista guapa.

–Tengo una idea para buscarla sin que te muevas de casa.

Apenas le había comentado cómo podía hacerlo cuando reapareció mi tía Aurora y nos obligó a cambiar de conversación. Me contó que mi padre vendría a verme al día siguiente y que mi madre y mi hermana seguían doloridas, pero bien, con ánimo, al menos el suficiente para pasar el día discutiendo en la habitación que les tocaba compartir. Yo le dije que me alegraba, que tenía muchas ganas de ver al resto de la familia, pero en realidad tenía la cabeza en otro sitio y sólo me preguntaba si Pedro habría entendido bien mis instrucciones. No le vi con muchas ganas de colaborar. Debía de pensar que el golpe en la cabeza me había trastornado, y a lo mejor tenía razón.

***

Comandancia de la Guardia Civil de Zaragoza
Puesto de Cariñena

Parte de incidencias:

En el día de ayer, en la avenida Romeo Pescador de esta localidad, la agente que suscribe fue imprecada por un ciudadano que al cruzarse con ella lanzó expresiones como «¡Maciza! ¡Tía buena!» y otras de matiz claramente sexual. Inmediatamente se procede a pedir que se identifique y el individuo en cuestión, mientras muestra su documento de identidad, a nombre de José Peralada Cuiña, en lugar de cesar en sus comentarios persevera en ellos y añade otros con insinuaciones como «Vaya cuerpo que tiene la Guardia Civil» o «Déjame que te planche el uniforme, bonita»; como quiera que no desiste de su actitud, y el descaro de sus comentarios es cada vez mayor, no hay más remedio que reducirlo por la fuerza, antes de trasladarlo al calabozo por alteración del orden público y acoso a un miembro de las Fuerzas de Seguridad del Estado.

Es mi deber informar que, una vez comprobada la identidad del detenido, éste resulta ser hermano del excelentísimo señor Delegado del Gobierno, vínculo familiar que no debe eximirle del cumplimiento de la ley, sino todo lo contrario.

Firmado:
Inés Casanova
Agente n.º 3859

***

Suerte que mi padre fue obediente y me subió el

transistor que le pedí a través de mi tía Aurora. Como está acostumbrado a que me pase el día con un aparato enchufado a las orejas, no le extrañó que a partir de las doce y media pasase un poquito de él y me dedicara a oír la radio. Debió de pensar que me había enganchado a los *40 Principales*, pero esta vez tenía sintonizada otra programación.

Llevo años comiendo con el fondo de *Estudio de Guardia*, el programa favorito de mi madre. Es uno de esos en los que la gente llama y cuenta su vida. Normalmente se quejan del ayuntamiento, de los hospitales, del tráfico, de los perros que cagan en las aceras, del gobierno y de veinte mil cosas más, pero también hay quien lo utiliza para consultas, felicitaciones y búsquedas, o simplemente para pedir ayuda. Yo le encargué a mi primo una llamada muy especial, así que aquella mañana no tenía otra cosa que hacer sino esperar a que saliera su voz por la radio.

A mi padre no le importó que no le diera conversación porque estaba muy entretenido con un periódico deportivo. Cuando se cansó de leerlo, dijo que se iba a la habitación de mi madre. Para entonces yo ya había escuchado a una mujer que se quejaba de la subida del gas, otra que pedía un cambio de recorrido en una línea de autobuses, un jubilado que se quejaba de las pensiones, un taxista que quería colgar a todos los que aparcaban en doble fila, una señora que hablaba de las fiestas de su pueblo y otra que preguntaba por el recibo del agua; también escuché pequeñas entrevistas sobre un centro de adelgazamiento, una cadena de supermercados y una agencia de viajes, además de un montón de cuñas publicitarias y un boletín informativo. Al único que no oía era a mi primo.

Por fin, cuando ya me estaba hartando, justo después de alguien que se quejaba de las parejas que se revolcaban en los parques (parecía un tipo muy envidioso), apareció la voz de Pedro.

–Hola, yo quería contar una cosa que pasó en Paniza... –le oí decir.

–¡Ah, Paniza! –exclamó el locutor–. Qué pueblo tan singular, cuna de la insigne lingüista María Moliner, del gran poeta Ildefonso Manuel Gil y del eminente físico don Julio Palacios. Pocos lugares pueden presumir de haber alumbrado tantos hijos ilustres en sus calles, por otra parte pintorescas y llenas de historia...

–No, pero yo me refería al puerto de Paniza... –logró decir Pedro cuando aquel loro paró para tomar aire.

–¡Ah, el puerto de Paniza! –repitió el locutor–. Esa estribación de la sierra de Algairén desde donde se dominan las tierras rojas del campo de Cariñena y sus interminables viñedos, ese altozano coronado por la ermita santuario de Nuestra Señora del Águila, paso obligado para los viajeros que circulan entre el altiplano ibérico y el valle del Ebro...

–Sí, sí, pero yo quería hablarle de un accidente.

Por un momento pensé que el locutor, con la marcha que llevaba, se pondría a recitar un poema sobre los accidentes de circulación, o algo peor, tal vez tenía apuntados todos los que habían sucedido en la provincia durante el último siglo, pero afortunadamente se calló y dejó que Pedro contara lo que había pasado.

–Es que mi familia se salió en una curva y queríamos dar las gracias a todos los que pararon para ayudarles, en especial a una chica que salvó la vida de mi primo Carlos cuando se había quedado sin respiración.

–¡Qué impresionante testimonio de valor y coraje! –dijo el locutor–. Así que gracias a esa chica se ha salvado la vida de un joven... ¡eso se merece nuestra felicitación y nuestro aplauso! Dinos, dinos cómo se llama la chica para que todo el mundo conozca a esa heroína, verdadera demostración de que en nuestra juventud está lo más sano de la sociedad.

–Es que no lo sabemos; precisamente llamaba para que se ponga en contacto con nosotros porque toda la familia desea agradecérselo personalmente.

¡Bien por Pedro! Había conseguido decirlo a pesar de aquel locutor tan plomo que no le dejaba meter baza. Ahora sólo faltaba que diese el teléfono para que mi ángel salvador me localizara. El programa tenía una gran audiencia; si no lo escuchaba ella directamente, seguro que lo oía su madre, o su abuela, o alguna amiga a quien le hubiese contado lo que hizo el domingo. Pero antes de que mi primo pudiese dar su número tuvo que aguantar las reflexiones del locutor sobre los peligros de la carretera, su llamamiento a la prudencia y a que se arreglase el trazado de algunas curvas, en fin, un montón de tonterías de las que solía decir aquel periodista que parecía un cura echando sermones. Casi me da un ataque, aunque al final Pedro se hizo oír y repitió un par de veces su teléfono insistiendo en que toda la familia estaría muy contenta si aquella chica llamaba para identificarse.

Me quedé más tranquilo cuando acabó y cambié de emisora inmediatamente. Ya no necesitaba escuchar aquel tostón. Moví la rueda del dial y de repente paré en un punto donde sonaba una canción romántica italiana. Fue algo automático, involuntario, que me salió de dentro. Yo jamás escucho canciones italianas. Normalmente, lo único que me interesa de Italia son las pizzas. Pero cerré los ojos y me quedé escuchando al cantante espagueti con la misma devoción que si fuesen los Dover. A lo mejor el golpe me había afectado al cerebro.

***

Delegación del Gobierno en Aragón
Secretaría del Exmo. Delegado del Gobierno

A la atención del Jefe de la VI comandancia de la Guardia Civil

Querido Tte. Coronel Colmenares:

Me consta que mi hermano ha sido víctima de un malentendido y ruego que como tal quede el incidente en el que se ha visto envuelto en Cariñena por exceso de celo de una jovencísima agente, según me informan, recién salida de la Academia y tal vez demasiado fogosa en el cumplimiento de sus funciones. Me despido con el convencimiento que responderás a la confianza que tenemos depositada en ti desde esta Delegación del Gobierno.

Firmado:
Luis Peralada Cuiña
Delegado del Gobierno en Aragón

***

Mi primo se sentó en los pies de la cama y sacó la libreta del bolsillo. Yo le había insistido para que tomase buena nota de cuanto le contaran por teléfono, que no se fiase de su memoria. Sería terrible que, después de lograr lo más difícil (encontrarla a ella a través de las ondas), perdiera su rastro por una dirección incorrecta o un teléfono mal anotado. Pedro siguió mis instrucciones, pero los que respondieron a su llamamiento eran menos obedientes.

–El primero que llamó me dijo que si necesitabábamos otra reanimación que lo llamásemos a él, que hacía el boca a boca con lengua.

–¿Y tú que le dijiste?

–Lo mandé a la mierda.

–Bien hecho. ¿Y luego?

–Luego llamó otro preguntando si necesitábamos un abogado para pedir una indemnización por el accidente.

–¿Una indemnización? ¿A quién?

–Al ministerio, por tener en mal estado la carretera; a la marca del coche, por hacerlos defectuosos; a la empresa que asfaltó esa curva; a quienes fabrican los quitamiedos, a los que pintan las rayas de la carretera, a la Cruz Roja, a la Guardia Civil,... dijo que se podía sacar un montón de dinero.

–¿Y con ése qué hiciste?

–Le pedí el teléfono, por si acaso.

–Vale; se lo daré a mi padre. ¿Y qué más?

–Después llamó una loca diciendo que además de haberte salvado a ti también había rescatado a los náufragos del *Titanic*, y luego un tío que me llamó capullo y colgó, y también alguien de una clínica privada para ofrecer sus servicios, y dos o tres idiotas más que sólo querían vacilarme.

–¡¿Eso es todo?!

–Pues sí.

–¿Y nadie que conociera a la chica que me salvó?

–Nadie. Tendrás que decirlo en un programa de televisión. Se entera más gente.

Pensé en la sugerencia de mi primo. Traté de imaginarme en la tele, pidiendo ayuda: «Hola, me llamo Carlos y busco a la chica de mis sueños». No; eso era demasiado directo. Tal vez: «Hola, me llamo Carlos y busco a mi salvadora». Tampoco. Quizá mejor: «Hola, soy Carlos y tengo que encontrar a la persona que me salvó la vida». No sé. No acababa de verme en pantalla; pero tendría que hacerlo si no se me ocurría nada mejor para encontrarla. Sentía que había en mí algo de ella, como si además de su aliento hubiera recibido una transfusión de su sangre. Si por un beso se puede contagiar la gripe, quién me asegura que no pueden pasar también otros virus que afecten a la cabeza. Algo habría pasado de su boca a la mía para tenerme de esa manera, y seguro que no era un chicle. Aunque el amor puede que sea más pegajoso. Cuando tropiezas con él, no hay forma de quitárselo de encima.

***

Comandancia de la Guardia Civil de Zaragoza
Jefatura de Zona

A la atención de la agente Inés Casanova

Habiendo tenido conocimiento del incidente que tuvo usted con el señor Peralada Cuiña, es mi deber recordarle que, tanto como velar por el orden público, también tenemos obligación de no dar pie a nada que pueda alterarlo. En ese sentido le recuerdo que los miembros del cuerpo deben extremar el cuidado en sus formas. Debe evitar usted cualquier detalle en su indumentaria y comportamiento que pueda ser entendido como una insinuación. Le sugiero que prescinda de los pantalones ajustados, que procure llevar el pelo corto o recogido por debajo de la gorra reglamentaria, que no use cremas ni maquillajes y que camine con la debida marcialidad para que nadie pueda tomar sus pasos por contoneos. Estoy seguro de que comprenderá que una integrante de la Benemérita ha de ser la primera en dar ejemplo de discreción, lo cual nos evitará incidentes como el que mantuvo con el hermano del excelentísimo señor Delegado del Gobierno.

Sin otro particular

Firmado:

Teniente Coronel Luis Colmenares

Jefe de la VI Comandancia de la Guardia Civil

***

Cuando salí del hospital mi madre preparó un gran recibimiento. Juntó a toda la familia y llamó a varios compañeros del instituto para que vinieran a hacerme los honores. Era como si volviera de la guerra. Sólo le faltó montar un desfile.

Después de llenarme de besos, abrazos y achuchones, nos dividimos en grupos. Mis padres y mis tíos pasaron el rato hablando de espectaculares accidentes de circulación. Recordaron algunos de los más sangrientos que conocían, hasta llegar a la conclusión de que habíamos tenido mucha suerte porque, en las mismas circunstancias que nosotros, se matan familias enteras.

–¡Un milagro! –decía mi tía Aurora–. ¡Lo vuestro ha sido un milagro!

–Ya lo creo que sí –asentía mi madre, que es muy devota.

Mis compañeros se preocuparon, sobre todo, por comerse todas las patatas fritas, cortezas y ganchitos que había sobre la mesa. Luego la emprendieron con las coca-colas y me preguntaron cosas tan interesantes como si también podían beberse alguna cerveza o un cubata, además de pedirme referencias sobre las enfermeras que me habían cuidado.

–Mi padre dice que no llevan nada debajo de la bata –decía Llorente, el más recalentado de mi clase.

–No es verdad –dije para fastidiarle–; lo que pasa es que llevan una faja de color carne.

Mi salud no les interesó tanto, quizá porque me veían bien, sin secuelas aparentes. Sólo me encontraron un poco más serio que antes del accidente, pero no les quise aclarar que esa herida la llevaba por dentro y no cicatrizaría hasta que diese con quien me la causó.

Mi hermana, por su parte, se encerró en su cuarto con el teléfono y pasó bastante de nosotros; tal vez porque ella no había tenido ninguna bienvenida especial al recibir el alta médica y tenía derecho a sentirse discriminada, aunque Lucía no necesita excusas para permanecer ausente. También estaba mi primo, que no había ido a visitarme durante los últimos días (tenía exámenes) y era el único con quien realmente me apetecía hablar.

Tuvimos que esperar a que se despidieran mis compañeros y entonces regateamos al resto de la familia (seguían hablando de accidentes) y nos metimos en mi habitación. Yo estaba ansioso por conocer alguna novedad.

–¿Te has enterado de algo? –dije en cuanto estuvimos solos.

–No mucho, pero tengo dos noticias para ti; una mala y otra buena.

–Empieza por la mala.

–La mala es que localicé a los voluntarios de la Cruz Roja que te evacuaron. Se acordaban del accidente y te recordaban a ti, pero la única chica que les sonaba haber visto era tu hermana.

–Pero tuvieron que coincidir con ella...

–Dicen que no pueden memorizar las caras de todos los que se detienen a ayudar en un accidente. Ellos van a lo suyo; tienen que rescatar a los heridos a toda prisa y no están para fijarse en los detalles.

–¿Y la buena? ¿Cuál es la noticia buena?

–Que llamó una mujer; una mujer que dice conocer a la chica que te ayudó.

–¡¿Por qué no has empezado por ahí?! ¡Es sensacional! ¡No hacía falta que me contases más cosas!

–Es que la mujer me pareció un poco rara.

–¿Rara? ¿Por qué?

–No sé; hablaba de una manera extraña, como muy misteriosa.

–¿Te dijo el nombre de la chica? ¿Alguna dirección? ¿Un teléfono?

Pedro negaba con la cabeza ante cada una de mis preguntas.

–No. Nada de eso. Dijo que sólo hablaría contigo personalmente y para eso tienes que ir a su casa.

–¿Tanto misterio para decir un nombre?

–Ya te dije que era muy rara.

–Es igual. ¿Dónde vive?

–En Alfocea. Dice que es muy fácil encontrar su casa: se trata de la única que se halla junto al cementerio.

Antes de que pudiera preguntarle otra cosa, me aclaró que en los próximos días le sería imposible acompañarme para hacer averiguaciones. Es más, me sugirió que yo tampoco debía seguir esa pista; que no era fiable, que lo mejor era intentarlo por otro camino. Pero apenas le escuchaba porque tenía la cabeza ocupada con nuevos planes.

***

Comandancia de la Guardia Civil de Zaragoza
Puesto de Cariñena

Por la presente circular interna se comunican los servicios para el próximo mes, con rotación de todos los agentes en los diferentes puestos, salvo la agente Inés Casanova que queda relevada de servicios en el casco urbano y sólo realizará los referidos a caminos y carreteras.

***

A mi primo no se le quitó la cara de vinagreta en todo el trayecto que hicimos en el autobús. Ni siquiera se relajó para disfrutar del atardecer al pasar sobre el Ebro, y eso que la puesta de sol era magnífica. Entiendo que para disfrutar de esas cosas es preciso estar enamorado y no irritado como un mandril, que es como se encontraba él después de haberlo embarcado en aquella excursión, dos días después de negarse tajantemente a acompañarme.

–Es una idiotez venir aquí –dijo cuando llegábamos al final del trayecto.

–Te prometo que seré rápido. Además, tú no tienes que entrar. Basta con que me esperes fuera. ¿Crees que yo te dejaría solo en una situación así?

–Yo no voy persiguiendo fantasmas.

–Ya me lo contarás el día que te vuelva loco una chica.

Me dijo que enamorarse de alguien que te hace la respiración artificial es como tener un flechazo con una bombona de oxígeno o un marcapasos. Pero nada de eso me haría rendirme.

Al bajar del autobús lo primero que hicimos fue preguntar por el cementerio. Alfocea es pequeño y pronto lo vimos, pero tuvimos que dar un pequeño rodeo para aproximarnos porque está separado del pueblo por uno de esos barrancos que forman las aguas de las tormentas.

Pedro se quedó junto a la última casa del núcleo urbano, al pie de una farola, a unos cincuenta metros de una vivienda aislada, próxima a las tapias del camposanto, que en seguida reconocimos como la que buscábamos.

–Espérame aquí.

–No me gusta nada este sitio, Carlos.

–Los he visto peores. Bueno, no te preocupes. Si me oyes chillar, busca ayuda.

Mi primo señaló el monte que teníamos enfrente, donde se encuentra un campo de maniobras militares con su alambrada erizada de púas, y me respondió secamente:

–Pues como no entre ahí a buscar un tanque...

No es el mejor compañero cuando tiene el día pesimista, pero aun así me sentía más seguro teniéndolo cerca.

Lo dejé a mi espalda y me encaminé al caserón del cementerio. Estaba rodeado por un grueso muro de piedra a cuyos pies crecía una hilera de lirios. En el centro había una gran puerta metálica y a su derecha un timbre de los que tienen videoportero. Me armé de valor y pulsé. Se iluminó un pequeño foco que me alumbró la cara y después, cuando esperaba que alguien me preguntara qué hacía allí, tan sólo se escuchó una voz que decía «¡pasa!», al mismo tiempo que un ligero zumbido me abría el paso. Empujé la puerta y penetré en un jardín repleto de lirios. También había un estanque y algunas estatuas en las que no quise fijarme. Tenía la mirada puesta en la entrada de la casa, a la que se ascendía tras superar cinco escalones. La puerta se entreabrió y apareció la silueta de una mujer alta, vestida con una túnica que llegaba hasta el suelo y con un peinado que me recordaba al Rey León.

–Hola, yo venía...

–Ya sé a lo que vienes –me cortó–; tú eres el chico de la radio.

–¿Cómo lo ha sabido?

–Lo adivino todo –dijo, con una sonrisa en la que asomaban un par de dientes de oro.

Yo sólo quería que me dijera el nombre de la chica y largarme de allí cuanto antes, pero ella insistió en hacerme pasar. Me empujó suavemente hasta una habitación separada del pasillo por unas cortinas; en su interior había una mesa, dos sillas, una jaula sin pájaro y un pequeño sofá. Sobre la mesa, un candelabro con tres velas encendidas, una baraja y una bola de cristal. Olía como la iglesia de Ferreruela en el Corpus. Creo que era incienso.

–¿Pero entonces conoce a la chica que me salvó, sí o no? –insistí, mientras ella me obligaba a sentarme.

–Creo que sí –dijo–, pero antes de estar segura tienes que contarme cómo fue el accidente.

Empecé a pensar que mi primo llamaría al tanque. Si me entretenía mucho más, se pondría histérico.

Pero ya que había llegado hasta allí tenía que aceptar-las reglas de aquella mujer para sacar algo. Le conté, lo más rápido que pude, cómo nos habíamos dado el trastazo y los escasos detalles que recordaba de mi ángel de la guarda. Cuando concluí mi relato, me agarró de las manos mientras me miraba fijamente.

–Eres un chico valiente –dijo observándome con aquellos ojos adornados con un kilo de pintura.

–No crea... –susurré, mientras intentaba soltar mis manos de las suyas.

–Has vivido una experiencia en el umbral de la muerte –añadió sin aflojar una pizca.

–Sí, eso dice mi madre; que el golpe era para habernos matado.

–Cuando el alma llega a ese límite es frecuente tener experiencias místicas; puede entrar en contacto con almas del más allá antes de saber si continuará entre los vivos o se irá con ellas.

–Vale, vale –empezaba a ponerme nervioso–; ¿pero conoce a la chica, sí o no?

–Claro que la conozco. Esa chica está allí siempre. Verás: hace años hubo un accidente en esa misma curva, pero los ocupantes del coche tuvieron menos suerte que vosotros. Murieron todos, entre ellos una chica muy hermosa. Desde entonces su alma vaga por aquel puerto ayudando a los que circulan por allí.

–¿Quiere decir que me hizo el boca a boca un fantasma?

–Tal vez sólo guió a quienes te salvaban, pero tú contemplaste su rostro reflejado en ellos. Escucha: esa mujer aparece en ocasiones haciendo autostop al comienzo del puerto. Hay testimonios de coches que la han recogido y todos cuentan lo mismo: monta, habla un poco, y cuando se acerca ese punto dice: «Cuidado; en esa curva hay muchos accidentes». Después desaparece. Algunos no han podido volver a transitar por allí después de haber tenido esa experiencia.

Por donde no pensaba volver yo era por Alfocea, al menos a casa de aquella leona con michelines. Esa historia la había escuchado en otros sitios. Hasta en Ferreruela la cuentan referida a la carretera de Fonfría, y eso que por allí no pasa nadie. Ya no me cabía ninguna duda de que aquella mujer era una loca, una impostora que me había hecho perder la tarde para nada. Tenía que escapar de allí rápidamente.

–Bueno, pues muchas gracias –dije, haciendo esfuerzos por retirar mi mano de las suyas–. Es muy interesante, pero tengo que marcharme.

–¿Marcharte? ¿Es que no quieres invocar al espíritu de esa chica para hablar con ella?

–Mejor otro día. Hoy se me hace tarde.

–Como quieras –dijo mostrando su contrariedad–, pero antes de irte tendrás que pagarme.

–Pagarle, ¿por qué?

–¿No me conoces? Soy Flor de Lis Ferrer. Me anuncio en el Canal 44 y el Canal 60. Hago predicciones, sesiones de espiritismo, quito el mal de ojo...

–Yo veo poco la tele.

–Si no tienes dinero, podemos buscar otra manera de arreglarlo –aquí cambió el tono y soltó por primera vez una mano, pero para ponérmela sobre el muslo–. Seguro que un pollito tierno como tú encuentra alguna manera de pagarme.

Empecé a agobiarme. Aquella mujer olía como huele el salón después de que lo limpie mi madre.

Olía a limpiacristales y friegasuelos, o tal vez se ponía en el pelo lo mismo que utilizamos en casa para abrillantar las mesas. Si seguía aspirando ese olor un minuto más, vomitaría allí mismo. Me puse en pie e intenté zafarme de su presión.

–No puedo, de verdad; tengo mucha prisa.

Ella entonces me agarró del brazo; sentí cómo se clavaban en mi piel sus uñas kilométricas (las llevaba pintadas de morado) mientras cambiaba su gesto complaciente por otro amenazador.

–¿No pensarás irte así, jovencito? Tienes que devolverme el favor.

A mí no me gusta la violencia, y menos estando convaleciente de un grave percance, pero a veces no te queda otra opción. Vi demasiado claro que después de llamarme pollito lo que quería era echarme a la cazuela, y no estaba dispuesto a convertirme en víctima de alguno de sus rituales mágicos.

Busqué un arma para liberarme. Al mirar hacia la mesa descubrí la bola de cristal y en ella vi escrito mi destino. La agarré con la mano que me quedaba libre y se la lancé a la cabeza. Ella se desplomó lanzando un alarido y yo escapé a toda velocidad (todo lo que puede correr alguien que acaba de salir del hospital) preguntándome si la habría matado. Pero no calculé que su pelucón había amortiguado mucho el golpe y, antes de que abriese la puerta del jardín, la oí gritar: ¡ladrón! ¡asesino! Mi primo me vio salir corriendo sin entender qué ocurría.

–¡¿Pero qué pasa?! –preguntó cuando me aproximaba a él.

–¡Es una bruja! –respondí sin detenerme–. ¡Corre, vámonos!

Por si necesitaba más argumentos para volar conmigo, Flor de Lis salió a la puerta de su casa dando gritos y empuñando una escopeta de caza. Fue suficiente para que Pedro me adelantara en la carrera y atravesara por delante de mí las calles desiertas de Alfocea. Ni siquiera nos detuvimos en la parada del autobús. No podíamos esperar. Seguimos huyendo campo a través, perdiéndonos entre los árboles para ocultarnos de aquella pitonisa que quería echarnos encima a todos los demonios.

***

Comandancia de la Guardia Civil de Zaragoza
Puesto de Cariñena

A la atención del Tte. Coronel Colmenares
Jefe de la VI Comandancia de la Guardia Civil

Con respecto a la carta remitida desde esa jefatura, en la que se me hacen una serie de consideraciones sobre higiene y uniformidad, me gustaría trasladar algunas dudas que me han surgido. Quisiera saber si, en orden a no provocar incidentes con los hombres, en adelante sería preferible que prescindiera no sólo de pintalabios, sino también de gel, champú, desodorante o cualquier otro producto perfumado que pueda excitar a los ciudadanos, en especial si son familia del señor Delegado del Gobierno. ¿Sería conveniente que no me lavara los dientes? ¿Cree usted que no debo utilizar salvaslip? ¿Puede considerarse una falta grave llevar las uñas arregladas? ¿Debería vestir con pasamontañas y capa, incluso en pleno verano, para disimular mis formas femeninas?

Igualmente me gustaría saber si los agentes masculinos de esta comandancia han recibido instrucciones similares a las que han hecho llegar a esta agente o si se trata únicamente de normas para mujeres, algo que no nos advirtieron mientras estudiábamos en la Academia.

Queda a sus órdenes
Firmado:
Inés Casanova
Agente n.º 3859

***

Mi primo me suplicó que diese por buena la versión que convertía a mi salvadora en un fantasma. Cualquier cosa le parecía mejor que seguir su búsqueda. Pero no le hice caso. Algo en mi interior enviaba señales orientándome en su búsqueda. El amor es una brújula. Sentía que sucesos como el de Alfocea sólo eran pruebas que debía superar para demostrar la firmeza de mi pasión. No debía rendirme. Me quedaba un día de libertad antes de regresar al instituto y estaba dispuesto a apurar las últimas oportunidades.

Puesto que la radio se había mostrado ineficaz, tendría que aceptar el consejo de acudir a la televisión. Intentaría salir en «La Lupa», el programa que resolvía casos misteriosos y buscaba a personas desaparecidas. Para acceder a él necesitaba un buen plan y una foto. Pensé que lo más parecido a una foto es un retrato robot, y de esas cosas se encarga la policía.

Tuvo que ser ella quien me empujó, quizá por telepatía, porque de otra manera no me hubiera atrevido a plantarme en la comisaría de mi barrio para hacer una denuncia.

–¿Qué quieres, chaval? –me preguntó el poli de la puerta.

–Vengo a denunciar una desaparición –respondí con todo el aplomo de que era capaz.

–¿Se te ha escapado el perro?, porque aquí no nos dedicamos a esas cosas.

–Es una persona... es,... bueno, se trata de una chica extranjera que está en mi casa por un intercambio escolar.

–Vale, vale, pasa y ponte a la cola.

Seguí la dirección que me indicaba y pedí la vez a un grupo de personas que esperaban para denunciar tirones, coches robados y algún timo. Era igual que cuando mi madre me mandaba a por tomates. Cuando por fin llegó mi turno, me hicieron pasar a un cuartito donde había dos policías. Uno preguntaba y otro lo apuntaba todo en una máquina de escribir.

–Así que tu amiga se ha perdido –dijo el primero cuando expliqué el motivo de mi denuncia.

–Sí, señor, desde esta mañana.

–¿Y por qué no han venido tus padres a presentar la denuncia? Porque tú eres menor de edad...

–Mis padres aún no lo saben; no sé cómo decírselo.

–Y dices que tu amiga es una estudiante extranjera... ¿de dónde?

–Es, es... –titubeé un poquito–, es islandesa –dije por fin, recordando a Björk, la primera cantante que me vino a la memoria.

–¿Irlandesa?

–No, no; he dicho islandesa.

–¿No es lo mismo?

–Creo que no. Las irlandesas son de Irlanda y las islandesas, de Islandia.

–Qué manía con ponerle a los países nombres tan parecidos. Afganistán, Uzbekistán, Chachachastán...

¡la madre que los parió! Bueno, a ver, dinos cómo es la chica y cómo iba vestida cuando desapareció.

Me inventé lo del vestido (le puse vaqueros, deportivas y una blusa verde, que era como la imaginaba) y luego describí su cara lo mejor que pude, aunque apenas podía recordar otra cosa que su pelo moreno y sus ojos claros, una nariz perfecta y el contorno carnoso de sus labios. Al policía que anotaba se le atascó la máquina de escribir y tuve que repetirlo todo, lo cual fue un placer.

–Es muy guapa –dije para completar la breve descripción.

–Muy bien, majo. Pues ya la buscaremos.

No era ésa la respuesta que esperaba. Aunque parecía que habían acabado, yo no me moví de la silla.

–¿Van a hacer un retrato robot? –pregunté expectante.

El que escribía arrancó el papel de la máquina sin prestarme atención; el otro se quedó mirándome con si sufriese alucinaciones.

–¿Un retrato? –dijo sonriendo de una manera que no me gustó nada–. Sí, hombre; si quieres te hacemos *Las Meninas*. ¿O prefieres la *Mona Lisa*?

–Yo pensé que...

–Tú lo que pasa es que has visto muchas películas. Anda, marcha para casa que ya te avisaremos si aparece la chica.

De repente me vi en la calle, con el resguardo de una denuncia falsa y sin el retrato que había ido a buscar. ¿Así es como ayuda la policía a alguien en apuros? Me daban ganas de ponerme al otro lado de ley.

Estaba rabioso. Ya no me quedaban muchos sitios a los que recurrir. No tenía dinero para contratar un detective ni sabía cómo orientar la búsqueda a través de internet. Nadie estaba de mi lado: ni los servicios de salvamento ni los medios de comunicación ni las fuerzas de seguridad. Para una vez que te ilusionas, el mundo es demasiado hostil.

Durante un rato me dediqué a deambular por las calles sin un rumbo fijo, pensando que a veces las cosas se arreglan cuando más desesperado estás, que podría producirse el milagro de encontrarme de repente con ella, de verla sentada en un bar, tras el mostrador de un comercio o a punto de cruzar un paso de cebra.

Me paré en los escaparates de las tiendas de discos, buscando su rostro en las portadas de mis grupos favoritos. Observé a la gente que viajaba en autobús, a los que esperaban para entrar en el cine y a quienes se agolpaban en las puertas de los grandes almacenes. Cuando me cansé de ver miles de caras que no me decían nada, regresé a casa con la sensación de que la vida era injusta conmigo. Y aún me lo pareció más cuando en mi domicilio me encontré a dos policías, dos agentes que me aguardaban para resolver algunas dudas sobre la islandesa perdida, y a mi madre llorando porque pensaba que ésa era la demostración definitiva de que me había vuelto loco con el golpe.

***

Comandancia de la Guardia Civil de Zaragoza
Jefatura de Zona

A la atención del comandante del puesto de Cariñena

Por la presente circular, vengo a disponer el arresto inmediato de la agente Inés Casanova por una falta de desacato con el agravante de hacer burla y escarnio de una orden de la superioridad. El castigo será de dos semanas de calabozo con la consiguiente pérdida de haberes y la consignación de la falta y el castigo en su expediente personal, para que conste esta indisciplina como freno de futuros ascensos.

Asimismo, esta jefatura de zona recomienda a los superiores inmediatos de la agente Casanova una estrecha vigilancia de su comportamiento. Es responsabilidad de todos que una agente recién salida de la Academia comprenda que el primer valor de la Guardia Civil es la disciplina y que de ninguna manera se pueden consentir comportamientos que desafíen las normas.

Aplíquese el arresto de forma inmediata.

Firmado:

Teniente Coronel Luis Colmenares

Jefe de la VI Comandancia de la Guardia Civil

***

–¿Y tú qué le dijiste a los policías? –me preguntó mi primo el mismo día que volví al instituto.

–Me hice el loco. Dije que no recordaba nada.

–¿Y tu madre?

–Lloraba y pedía perdón. Decía que el accidente me había dejado alguna secuela.

–¿Se lo creyeron?

–No les quedó más remedio. No van a meterme en la cárcel por eso.

–¿Y tu padre qué hacía?

–Estaba viendo el partido. Sacó unas cervezas y unas aceitunas para los policías y les convenció de que yo era inofensivo. Casi consigue que se queden a ver el fútbol con él.

–¿Y ahora qué vas a hacer?

–Esta madrugada probaré otra vez con la radio, en *Hablar por hablar*. En ese programa también puedes llamar por teléfono y lo oyen en toda España.

–¡Qué obsesión! Ni siquiera tienes la seguridad de que exista.

–Yo sé que existe.

–También existen las chicas del instituto y algunas son bien guapas, seguro que más que ésa que te ha vuelto loco.

–Pero yo sé que ella tiene algo especial.

–Tú lo que tienes que hacer es visitar a un médico. Yo creo que se te ha incrustado una imagen en el cerebro como a otros se les clava una astilla.

–Eso es imposible.

–¿Imposible? Fíjate en tu padre; aún tiene incrustado el gol de Nayim. A ti te ha pasado algo así: una impresión muy fuerte que te ha dejado en la mente una especie de foto fija. Pero no te preocupes: se borrará con el tiempo.

–Salvo que la conozca algún día.

–Mejor que no lo hagas. Podrías llevarte una decepción. Tú no te has enamorado de una chica, te has enamorado de un instante en la vida y eso sólo es emocionante si es fugaz. Además, lo más probable es que si la ves en circunstancias normales ni siquiera la reconozcas.

–¡La reconocería aunque se pusiera un disfraz! ¡Ella desprende algo mágico!

–¿Algo mágico? ¿No sería que tenías tierra en los ojos o que estabas viendo las estrellas?

Bueno, en fin, a veces es mejor no seguir hablando con mi primo.

***

Comandancia de la Guardia Civil de Zaragoza
Puesto de Cariñena

A la atención del Departamento de Asuntos Internos

Por la presente deseo que me comuniquen, por los conductos oficiales que se siguen ordinariamente, los trámites que he de seguir para solicitar el abandono del servicio activo, ya que algunos incidentes recientes han actuado muy negativamente sobre mi ánimo y no me considero en la mejor disposición para seguir mi trabajo con la intensidad que requiere cualquier agente de la Guardia Civil.

Firmado:
Inés Casanova
Agente n.º 3859

***

En cuanto mi padre tuvo el coche arreglado se empeñó en que había que volver al pueblo. Mi madre no quería pasar otra vez por la curva donde nos estrellamos, pero mi padre se empeñó en que alguna vez tendríamos que hacerlo y que era mejor afrontarlo cuanto antes.

–Al miedo, para vencerlo, hay que mirarlo cara a cara –dijo mi padre, repitiendo alguna frase que habría oído en la tele.

–¡¿Te parece poco lo que te miro yo a ti?! –gritó mi madre, completamente histérica–. ¡Tú sí que me das miedo!

Mi hermana hizo frente común con ella, no porque

temiera accidentarse otra vez, sino porque tenía planes mejores que pasar el fin de semana con los abuelos. Pero lo que más le sorprendió a mi padre no fue aquella hostilidad de las mujeres de la casa, sino que yo participara en la discusión (normalmente me las pierdo todas por estar escuchando música en el walkman) y que me pusiera de su parte.

–Yo voy contigo papá –dije, y se quedó tan asombrado que pensó que no me había entendido bien.

–¿Cómo dices?

–Que te acompaño; que me apetece ver a los abuelos, y que tienes razón, que para conjurar el miedo nada mejor que desafiarlo.

Estoy seguro de que no creyó ni uno sólo de mis argumentos, pero prefirió no preguntar qué me movía a unirme a él. Mi apoyo le venía muy bien para oponerse al frente femenino. Eso le permitió picar a mi madre y mi hermana diciéndoles que deberían avergonzarse de tener miedo cuando yo, el más joven y el más perjudicado en el accidente, mostraba esa valentía.

–Deberíais aprender del chico –dijo mirándolas por encima del hombro.

–Y tú deberías aprender a conducir como Dios manda –replicó mi madre.

Ninguno de los dos cedió, como tampoco cedimos sus aliados. Mi padre no estaba dispuesto a rendirse. Me anunció que ese fin de semana nos iríamos los dos a Ferreruela aunque la decisión le costase el divorcio.

Entonces me puse a pensar cuáles eran mis posibilidades de aprovechar el viaje para reencontrarme con mi salvadora. Si tomaba en serio las predicciones de la bruja de Alfocea, lo mejor era provocar un nuevo accidente en Paniza y comprobar si ella aparecía otra vez milagrosamente, pero prefería algo menos fantasmal y sólo se me ocurrió idear un método para llamar su atención, porque era bastante probable que ella, como nosotros, como miles de personas cada fin de semana, volviera a pasar por el sitio donde me rescató de la muerte. Entonces me acordé de la pancarta.

Mi padre guardaba en el trastero la que llevó a París, en el 95, para la final de la Recopa. Era un lienzo blanco sujeto con dos palos donde se leía en grandes letras: «¡A POR ELLOS, VALIENTES! PEÑA PARDEZA, FERRERUELA». Se la pedí prestada y dijo que me la regalaba. Compré un aerosol negro y por la parte de atrás, que seguía en blanco, escribí: «ACCIDENTE, 10 MAYO. BUSCO A MI SALVADORA. LLAMA AL 976 711 600». Sólo tenía que convencer a mi padre para que me dejase plantar el cartel, confiar en que nadie lo arrancara durante algunos días, esperar a que ella no hubiese cambiado de ruta, tener la suerte de que fuera mirando por la ventanilla al pasar por aquel punto y rogar que no le fallase la memoria para que la fecha escrita le recordara algo. Necesitaba mucha suerte, pero la fortuna ya había demostrado que estaba de mi parte al salvarme la vida en el accidente. Podía contar con ella una vez más.

Por fin llegó el viernes. Mi padre hizo un último intento por atraer al resto de la familia, pero esta vez ni siquiera hubo discusión. Mi hermana lo ignoró y mi madre se echó a llorar y dijo que se iba a Nuestra Señora de Altabás a rezar por nosotros, sobre todo por mí, porque papá era un caso perdido.

Mi padre se enfadó mucho y yo intenté tranquilizarle.

–No le hagas caso, papá. ¿Te imaginas que los americanos hubiesen dejado de mandar cohetes después del accidente del *Apolo XIII*?

Mi padre se quedó pensativo.

–El *Apolo XIII* dices... ¿ése era donde iba Tom Hanks?

–El mismo, papá. Si un accidente no puede acabar con la carrera espacial, tampoco puede dejarnos sin ir a Ferreruela.

Creo que estuvo a punto de emocionarse, y desde luego se disiparon todas sus dudas sobre el riesgo de provocar un cisma familiar si nos marchábamos los dos solos. Me dijo que preparara la bolsa y una hora después salíamos del garaje dispuestos a enfrentarnos con la carretera maldita.

El tráfico era tan denso como todos los viernes. Nos costó un rato atravesar la ciudad. Cuando al fin estuvimos en la carretera, mi padre quiso demostrar que había vencido todos sus temores y pisó el acelerador sin ningún miedo, como cualquier otro día antes del accidente.

Dejamos atrás Cuarte, Cadrete y María de Huerva, pasamos junto al cartel que indicaba el desvío a la casa natal de Goya y otro que recomendaba la cerámica de Muel, antes de ver a lo lejos la torre de Longares. Todo iba bien. Mi padre estaba contento. Tarareaba la música que sonaba en la radio y de vez en cuando me comentaba algo sobre el paisaje. Pero cuando llegamos a Cariñena tuvimos un encuentro inesperado. Ya estábamos casi en las afueras de la población, acababámos de dejar atrás varias bodegas y grandes carteles anunciando la venta de vino, cuando vimos un coche de la guardia civil parado en el arcén y junto a él dos agentes que nos hacían una señal para que parásemos.

–¿Es a mí? –se preguntó mi padre, extrañado por aquellos gestos.

–Me parece que sí, papá.

–Pues no lo entiendo. No he hecho nada.

Nos detuvimos junto a una guardia cuyo gesto anunciaba malas noticias. Llevaba la gorra calada y gafas oscuras. Mantenía los labios apretados, con una expresión de severidad que me recordó a la profesora de Ciencias. No era fea, pero tenía cara de multa.

–Buenas tardes –dijo secamente cuando mi padre bajó la ventanilla–. Haga el favor de enseñarme la documentación.

–¿Qué pasa? ¿He hecho algo mal?

–Ha superado el límite de velocidad. Iba usted a 60 y tiene una señal de prohibido pasar de 50.

–Bueno, mujer, tampoco ha sido tanto –dijo mi padre, intentando ser amigable.

–Eso no lo tiene que decidir usted –replicó la guardia civil, mientras empezaba a rellenar la denuncia.

En vano le suplicó mi padre que nos perdonara, que había sido un pequeño despiste y que no lo volvería a hacer. Aquella guardia era implacable. No relajó un solo músculo ni contestó a los ruegos de mi padre. ¡Qué antipática! No tenía corazón. Parecía llevar el uniforme grabado en la piel. La gente es terrible cuando se toma la ley al pie de la letra.

Mi padre se disgustó mucho por su intransigencia. Recogió la multa que le tendía y la tiró con desprecio al salpicadero, antes de arrancar bruscamente y seguir nuestro camino. Yo la cogí para meterla en la guantera y le eché un vistazo por curiosidad. Era una pasta. Nos iba a salir cara aquella sanción que firmaba Inés Casanova, agente número 3859 del puesto de la Guardia Civil de Cariñena; aquella chica vestida de verde que se quedó en la cuneta, con su cara de cabreo, viendo cómo nos alejábamos hacia el puerto de Paniza.

LOLITA

Gemma Lienas

Yo estaba seguro de que teniendo la pierna mala ella nunca se iba a fijar en mí. Usted se ha dado cuenta de que ando raro, ¿no? La derecha funciona bien, pero la izquierda... ¡Uf! Con ésa parece que vaya matando cucarachas todo el rato. Se la enseño, si quiere... ¿Ve estos hierros? Son para sujetarla, porque no tiene fuerza. Se quedó así cuando cumplí tres años. Me dio un paralís. Dice el Marlon, o sea, el profesor Ramírez, que eso se llama la polio, no un paralís, y que la culpa fue de mi madre, por no darme la vacuna. Ahora qué más da de quién fuera la culpa, me chilla ella, si se lo digo y está de buenas. Si está de morros, mejor abrirse sin decir ni mu. El caso es que la voy arrastrando, y el pie se mueve así, ya le digo: como si estuviera aplastando una hormiga; al final, después de un ratito de simecaigo-nomecaigo, consigue ponerse junto al pie derecho. Ya me he acostumbrado, no se crea... Llevo muchos años con la pierna de ese modo; seis ya...

¿Por qué piensa usted que el Mohamed, la Sole y los demás me llaman el Patapalo? Pues por eso. Aunque yo prefiero que me llamen Hip-hop, que es ese baile que se le da tan bien al Rafa... ¿Ha visto usted cómo se mueve en la acera o en mitad de la calle? ¡Jo! Es un fiera el tío. Parece de goma... Se retuerce y salta y se dobla como si fuera un muñeco con pilas de ésas. A veces los conductores de los coches que han tenido que pararse se ponen de los nervios. ¡Quítate de ahí!, le gritan; ¿no ves que llevamos prisa? Pero casi siempre se quedan mirándole sin cabrearse ni nada. Porque mola mucho ver sus brincos y volteretas, y esos gestos como de máquina. Le digo al Rafa: caray, tío, qué pelusa me das; lo que me gustaría bailar así. Y ¿usted sabe qué me contesta? Que él se pone verde de envidia porque yo, con mi pierna de hierro y matando cucarachas, parece que le doy al hip-hop todo el jodido día. Eso dice él: todo el jodido día dándole caña al cuerpo. Es muy simpático el Rafa, ¿sabe? Pero los otros siempre me llaman el Patapalo. Hasta el Marlon, cuando en clase pasa lista, se ha acostumbrado a decir Patapalo. Patapalo, buenos días. ¿Estás ahí? ¿No te has dormido hoy? Yo no me enfado por que me llame así. Total...

En la clase nunca habíamos tenido a nadie como ella, ¿sabe usted? No. En mi clase las niñas se parecen más a la Mari, un poner. ¿Usted conoce a mi hermana? Seguro que la tiene vista del barrio: es una grandota, en invierno muy abrigada con una chaqueta negra gruesa, que siempre tiene frío, la pobre. Y el pelo revuelto. O se parecen a la Sole, con pupas en los labios y en las mejillas. Pero, como la Lola, nunca habíamos tenido ninguna. Hace cinco meses que se vinieron a vivir a nuestra calle. Me acuerdo muy bien porque fue cuando yo cumplí los nueve. Ese mismo día, atropellaron al perro del Santi. Un coche le pegó una galleta y lo dejó despachurrado en mitad de la calle, con las tripas fuera del cuerpo. El Bolinga era un perro cachondo, aunque siempre se estaba tirando cuescos. Cuando nos acercamos a mirar, el chucho aún se movía. Parecía mentira que, con todas las tripas fuera, siguiera vivo. Pero no duró mucho; eso es verdad. Al Santi le dio mucha rabia. Dijo que si cogía al bestia que había asesinado al Bolinga lo mataba muerto. Luego, el Santi cogió un palo y levantó las tripas, porque quería enseñarnos que eran muy largas, ¿sabe usted? Como una manguera blandita y enrollada. Bueno, cuando lo hizo, el perro ya había estirado la pata. El Santi no quería dejarlo en mitad de la calle, porque se lo iban a comer las ratas. La Sole dijo que podíamos enterrarlo, pero, como no sabíamos dónde, al final lo tiramos a un contenedor de la basura. Total, para la basura nadie los usa.

Esa misma semana llegó la Lola, con su madre y el Rafa... ¿Usted sabía que el Rafa y la Lola son hermanos? Pues llegaron con una furgoneta llena de trastos, como tres colchones y una mesa y así. Se metieron en los bajos que hay al lado del bar La Palmera. Desde la ventana de mi casa, o sea, la del comedor, que es la única que da a la calle, vi cómo entraban sus cosas. También vi a la Lola. Pero no pude fijarme bien en cómo era. Eso fue unos días después, en el colegio. Cuando abrió la puerta de la clase, todo el mundo se calló. Hasta el Marlon se quedó pasmado. La Lola era..., era como si saliera de una película, ¿sabe usted qué quiero decir? O sea, como que no fuera de verdad. Tenía el pelo muy largo y bastante rizado; parecía una cascada. Una cascada negra y brillante. A mí, ella me recordó a una india de una película. Bueno, no estoy seguro de si era una india de una película que había visto en la tele, o de una de las que me gusta inventarme en mi cabeza. Pero una india, sí. Además, con aquellos ojos tan grandes y negros. ¿Usted se ha asomado alguna vez, de noche, a la fuente de la placita? Pues lo mismo era mirar en sus ojos. Oscuros, oscuros como el agua del fondo de esa fuente. Y brillantes. Como cuando la luna se refleja en el agua. Lo mismo. No se vaya a creer que tenía pupas o granos en la cara. ¡Qué va! Su piel era –vaya, es– blanca y lisa. Suave, pensé, aunque no se la había tocado, claro. Y unos labios rojos, rojos como una amapola en medio de su cara. Era una niña distinta. En eso, todos estábamos de acuerdo. Tampoco iba vestida como las demás. Siempre lleva lo mismo. Usted lo habrá visto, ¿no? Un jersey rojo de cuello vuelto, con las mangas un poco cortas. Y falda negra mini. Las medias rojas, del mismo color que el jersey y los labios. Y en los pies esas botas como de soldado. ¿Sabe qué le digo? Que cuando la vi a ella con esas botas, se me pasaron a mí las manías por las que me obligan a llevar. Teniendo mi pata de palo, no me dejan poner zapatillas deportivas, como las de la Sole, el Mohamed o el Santi. El Mohamed ahora lleva unas nike. Él dice que se las encontró tiradas en el solar del fondo de la calle. Pero a mí me da en la nariz que las consiguió de otra manera. Que el Mohamed, con una jeringa en las manos, hace maravillas en La Rambla. Yo siempre he tenido que calzarme esas botas. ¿Las ve usted que feas son? Les tengo una hincha... Pero, si me quejo, mi madre pilla uno de sus berrinches y me suelta: Que te calles, o te doy una hostia que la pared te dará cuatro. Pues, cuando vi a la Lola tan feliz con sus botas militares, las mías empezaron a molarme.

La Lola entró muy seria en la clase. Y el Marlon la miró fijo, muy fijo, sin decir nada. Luego, el Marlon le dijo que fuera a sentarse donde había un asiento libre. ¡Menuda potra, oiga! La única silla sin ocupar era la que estaba a mi lado. ¡Casi no lo podía creer! La princesa india iba a sentarse cerca de mí. Vino y se sentó. Yo no me atrevía a mirarla. La olía, eso sí. ¡Jolín, qué olor tan distinto al de mi madre y al de la Mari! A veces, ellas dos huelen un poco chungo, la verdad. Ella olía como a ese perfume que echan en el cine de la placita. No creo yo que la Lola quisiera oler como un cine, claro. Sería que usaba un jabón que olía bien. En mi casa, el jabón no huele ni bien ni mal. No tiene olor. Es una pastilla grandota que la Mari utiliza para lavar la ropa. O sea, que no me atrevía ni a mirarla. Tampoco a mover el brazo por miedo a tocarla. Estaba atontado. Como en una nube, o en una película o en un sueño. No sé... Algo raro. ¿Será así como se siente el Rafa cuando esnifa cola? Yo casi no podía ni respirar. El corazón me iba como si fuera un caballo indio, corriendo, corriendo... Hasta entonces el corazón sólo me había ido al galope algunas veces: cuando veía a la Mari en pelotas, que a ella no le importa lavarse delante de mí, ¿sabe? También cuando tocaba las bragas y el sujetador de la Mari o de mi madre. Y es verdad que también se me puso así cuando chafaron al Bolinga. Pero con la Lola, era distinto. Era todo el tiempo, todo el tiempo. Y si me miraba, más aún.

Aquellos primeros días fue cuando empecé a inventar películas con la Lola. En una, va y llega el Rafa corriendo y grita: ¡Tron, que se han llevado a mi hermana! Yo le digo: ¿Quién? ¿por qué? El Rafa no lo sabe. Cree que son los mismos que se llevaron a la Nazik. ¿Se acuerda de la niña mora que desapareció? El Rafa me dice que a la Lola la han encerrado en el almacén del Farlopa. ¡Jobar! Ahí cualquiera se atreve..., sacarla del almacén del Farlopa es más difícil que cagar para arriba. Eso cree el Rafa. Pero yo no me acojono. Por la noche, cuando todos duermen, agarro la pipa del Juan... Mi hermano ya no la necesita, ¿sabes usted? Se fue de casa hace mucho y se la dejó olvidada debajo de la cama. Envuelta en un periódico. Yo sé que un día volverá a buscarla. Aunque mi madre cree que ya nunca más lo verá. A veces está contenta: Que le zurzan, al capullo ese, a ese malnacido, chilla. Pero, otras, se pone triste, sobre todo si ha estado bebiendo; entonces sentada en la silla, se mueve para adelante y para atrás, como si se meciera, y llora: Mi Juanito, mi rey, ¿qué te han hecho? Yo sé seguro que un día vuelve a por su pipa. Si es imposible que mi hermano se pasee tanto tiempo por la ciudad sin ella... Rosalía, la llamaba ¿sabe usted? A la pipa, quiero decir. La cojo. Salgo de casa sin meter bulla. Voy hasta el almacén. Llamo a la puerta. Toc, toc, toc. ¿Quién va?, pregunta alguien desde dentro. No digo nada. Se oye ruido. Alguien se acerca al portalón metálico. Lo abre un fulano. Entonces, le pongo la pipa contra las costillas y le digo: congélate. Eso lo saqué de una película americana. Los polis le decían congélate a un tipo que estaba asaltando una gasolinera. O sea, que se quedase quieto, ¿sabe usted? Sin moverse ni un pelo, si no, los polis le freían allí mismo. ¿Ustedes no lo dicen nunca: congélate? ¿No? No. Debe de ser sólo cosa de los polis americanos. El tío se queda congelado. El de dentro también. Entonces yo digo: ¿Dónde está la chica?; vengo a llevármela. Oigo como un suspiro o un quejido, que no se muy bien. Yveo a la Lola en un rincón, con las manos atadas y la boca amordazada para que no pueda gritar. Desátala, le ordeno a uno de los tíos. Él me obedece mirando fijo la pipa. Entonces, le digo a la Lola que coja una cuerda y los ate a los dos. Luego, les ponemos un pañuelo en la boca para que no puedan gritar. Ynos vamos corriendo. Bueno, mi pata de palo no me deja correr, pero la Lola me espera. Cuando llegamos a la placita, nos sentamos junto a la fuente y la Lola me coge de la mano y me da un beso. Al llegar a este punto de la película, mi corazón galopa más deprisa que nunca y siento que mi pito se mueve. Mucho más que cuando toco las bragas y el sujetador de la Mari.

A mí, ir al colegio siempre me ha parecido una bronca. Me gustaría quedarme en la calle, como hacía el Juan. Pero me da miedo mi madre, que me suelta unas matracas de la leche. Siempre acabo cobrando cuando ella se cabrea. Bueno, hasta hoy también me daban canguelo los polis, como usted. Pensaba que si me pillaban haciendo pellas me metían en la cárcel. Eso es lo que siempre me dice la Sole. Ahora, después de haberle conocido a usted, los polis ya no me dan miedo, ¿sabe? Bueno, cuando la Lola apareció en el colegio, como que me entraron muchas ganas de ir cada mañana. Por eso me daba mucha rabia siempre que mi madre se quedaba sobando y se olvidaba de despertarme. Antes de la Lola, me daba igual. Aunque los cuidadores del comedor del barrio me dijeran que tenía que aprender a levantarme solo. Bueno, es que ésos... Ésos están cargados de hostias. ¿Pues no nos dicen que tenemos que lavarnos los dientes y la cara todas las mañanas? Cuando te quites el pijama, me dicen, te pasas por la ducha... ¡Jobar! ¿Qué pijama y qué ducha? En nuestra casa no hay ducha, ¿sabe? Vaya, ni en la mía, ni en la de la Sole, el Santi o el Mohamed. Cuando nos lavamos, es en la cocina. La Mari sí se lava. Más que yo, desde luego. A veces la Mari parece un poco gili. Pijama tampoco tengo; duermo con los calzoncillos y la camiseta. ¡Oiga!, más fácil vestirse por las mañanas: me pongo los pantalones y el jersey encima, ¡y a correr! Pues, desde que llegó la Lola, me pillo unos cabreos si no me levanto a la hora. Pero ya casi nunca me ocurre... Como tengo tantas ganas de verla, me despierto que todavía es de noche.

El Santi y el Mohamed dicen que la tía es un petardo, que no tiene tetas ni culo. Que está mucho más buena la Mari, porque ella sí tiene mucho de todo. También les gusta la Sole, porque ya cumplió los diez y le han empezado a crecer las tetas. Yo no les he dicho que la Lola me parece tope. No lo entenderían. Dirían que soy un merluzo. Pero, aunque dijeran eso, mi corazón seguiría cabalgando igual que el caballo de los indios. Al principio, en clase, cuando ella me miraba o me hablaba, yo me quedaba como sordomudo. ¿Se acuerda del Tapia? ¿Ése que no podía ni oír ni hablar? Yo, igual. Me daba como un paralís, cuando ella me hablaba. Su voz era muy suave. ¿Usted ha visto los peluches esos que vende el Alí en La Rambla? Ésos que son de color rosa y blanco. Pues la voz de la Lola es igual. Cuando la oía me daba cosquillas, primero en las mejillas, luego en el pecho. Además, el pito se me movía. Entonces era cuando me quedaba sordomudo. Luego, me acostumbré a oírla y, un día, le contesté. Ella sonrió. Y yo, sólo con la sonrisa, otra vez me monté en la nube. O en la película o lo que fuera aquello. Bueno, el colocón, que diría el Rafa. Sólo que él se coloca esnifando botes de cola, y yo, esnifando a la Lola. No se crea usted que ella sonríe a menudo. ¡Qué va! Si es muy seria. Sobre todo cuando trabaja. Y siempre está trabajando. No como yo, que prefiero mirarla a ella. La Lola se fija en su libreta y en que las palabras no le queden torcidas, y escribe sacando un poco la lengua entre los labios esos tan rojos que tiene.

Pues, ese día me sonrió. Se le quedó la cara como La Rambla en Navidad: llena de lucecitas. El Marlon vino hacia nuestra mesa. ¿Qué pasa aquí?, preguntó. ¿ Patapalo no te deja trabajar, Lolita? El Marlon siempre la llama Lolita, aunque todos los demás la seguimos llamado Lola, que ella lo prefiere. Pero el Marlon siempre le pone a la gente los nombres que le salen de la pimporreta. Por algo es el profesor, ¿no? Yo quería decirle: corta el rollo, carabollo. Porque me había fastidiado que viniera en aquel momento en que la Lola tenía las lucecitas de Navidad encendidas. Pero el tío no se largaba y seguía soltando el rollazo de siempre. Le dice a la Lola que él es como si fuera el padre que ella no tiene. La Lola vive con su madre y el Rafa. Dice que nunca ha tenido un padre. ¡Anda, ya!, le contesta la Sole, pues claro que habrás tenido uno; sólo que se habrá dado el piro, como hacen todos. El mío, ¿sabe usted?, también se fue; después de que nacieran los gemelos, Isabel y Edu. Un día dijo: Esto no se puede aguantar. Se largó dando un portazo y no le hemos vuelto a ver; como al Juan. Qué broncas es el Marlon. Aunque algunas niñas le encuentran muy simpático.

¿Usted sabe por qué le llaman el Marlon? Cuando el Juan todavía vivía con nosotros, me dijo que todo el mundo le llama así porque es bastante guaperas. O sea, que le llaman igual que a un actor de cine. Uno que ahora está viejo y gordísimo, me contó la Mari. Pero que antes estaba como dios. ¿Usted ha visto qué pelo tiene el Marlon? Ondulado y suave, me parece a mí. Se lo echa para atrás con una mano. Así, como pegándose un manotazo. Y tiene unas pestañas muy largas y unos ojos oscuros, aunque no tanto como los de la Lola. Algunas niñas dicen que es guapo. Sobre todo las mayores. Yo no sé, oiga. No me gusta mucho el pelo que lleva. A mí me gusta el pelo cortado a cepillo, aunque un poco largo de delante. Para poder llevar un tupé en la frente. Así, como el mío. ¿Usted se ha fijado en mi tupé? Me lo empecé a dejar cuando la Lola llegó al colegio. ¡Caray! ya que tenía la pata de palo, por lo menos que se fijara en mí por el peinado, ¿no, usted? Así que, cuando los cuidadores estaban distraídos, mangué una botella de agua oxigenada del comedor del barrio... Oiga: por eso no me va a meter usted en la cárcel, ¿no?... Menos mal. ¡Qué canguelo me había dado! Bueno, pues la choricé y me la llevé a casa. Desde entonces, cada día me daba agua oxigenada en el tupé para que se me pusiera rubio. Y se me puso, ¿ve usted? Por las noches, antes de acostarme, me mojo el tupé y le pongo agua con azúcar. Luego, con un cepillo redondo de la Mari, le doy esa forma así: como subido para arriba. Con tanto azúcar, cuando se seca se queda igual que un caracolillo mirando al techo. Pensé que quizá con ese tupé, la Lola me iba a querer. Pensé que quizá, su corazón también parecería un caballo indio. Pero no sé... Nunca me ha dicho si le gusta.

La Sole dice que la Lola es descafeinada, que no tiene media torta y que es más plana que una tabla de planchar. Eso dice la Sole. Ella, sí, ya empieza a tener unas buenas tetas. El Mohamed y el Santi van de culo por vérselas. El Santi me contó que un día se las dejó tocar un poco. Por encima del jersey, no por debajo. La Sole le había dicho que podría hacerlo si era capaz de conseguirle unas medias de esas brillantes que llevan las chicas. La Sole quería unas, pero en su casa no se las compraban. ¡A ver!, si valen una pasta. Pues el Santi se hizo con ellas y, luego, le pudo tocar las tetas. La Sole no se las puso para ir al colegio, sino para salir por ahí. Ha empezado a ir de pendoneo sin el Mohamed, sin el Santi y sin mí. Bueno, no siempre. Sólo algunas veces. Se va por ahí, con unos tipos mayores que nosotros. Que le gustan más, y que no juegan a tonterías, sino a juegos de mayores. Por eso no le gusta la Lola, porque la encuentra muy cría. Aunque yo me huelo que no es por eso. Es porque, desde que llegó la india a clase, el Marlon la mira más que a las otras. Claro, como le gustaría ser su padre, pues la trata con más mimo. Le acaricia el pelo y así. El año pasado se lo hacía a la Sole; ahora ya no. A la Sole le da mucha rabia. Me juego lo que quiera a que tengo razón. Además, que el día que el Marlon nos invitó a papear, ese día la Sole había hecho pellas y se perdió la juerga.

Dijo el Marlon: A ver, Mohamed, Santi, Fátima, Lolita y Patapalo, hoy os invito yo a comer; no hace falta que vayáis al comedor social, tengo algo que contaros. ¡Jopé! Nos miramos todos como diciendo: ¿qué le ha dado ahora a éste? Pero, mire, como decía siempre el Juan: a caballo regalado, no le mires el dentado. Que yo entonces, como era pequeño, no entendía qué quería decir, pero él me lo explicó. Pues que cuando te regalan una cosa... de buten, ¿no? Aunque no sea bien bien lo que tú esperabas. Así que nos fuimos siguiendo al Marlon. Nos llevó al bar de la placita, que dijo que prefería alejarse un poco del barrio para que estuviéramos cómodos, que nos tenía que contar un secreto. ¿Sabe qué era el secreto? Nos lo dijo cuando estábamos ya con los bocatas y las coca-colas en la mesa. Yo le escuchaba, pero sobre todo comía. Porque el bocata de jamón estaba de chuparse los dedos. Ni punto de comparación con los garbanzos o las patatas estofadas del comedor social, ¿sabe? ¿A usted le gustan los bocatas? Yo sólo comería eso... Pero los cuidadores del comedor dicen que es muy importante comer también otras cosas, como garbanzos. Bueno, pues el Marlon nos contó su secreto. Dijo que se le había ocurrido que podíamos hacer una función de teatro. Que la ensayaríamos unas cuantas veces y que, cuando ya la supiéramos muy bien, nos disfrazaríamos y la representaríamos al resto de la clase. ¡Ni hablar!, gritó el Santi, eso es de niños pequeños y yo no soy pequeño. El Marlon se enfadó un poco. Le explicó que hacer funciones de teatro no es de pequeños sino de mayores. ¿Tú no has visto las comedias de la tele? A ver, ¿y quién las hace? ¿Niños o personas mayores? Personas mayores, contestó el Santi, que se había enfurruñado un poco y se escondía detrás de la lata de coca-cola. ¿Lo ves?..., siguió el Marlon. Además que ¿y si fuera de niños pequeños, qué?, preguntó entonces. Todos nos callamos porque nadie sabía qué había que contestar. El Marlon dijo que lo mejor del mundo eran los niños pequeños y las niñas pequeñas. Y que siempre tendríamos que ser pequeños, como Peter Pan.

¿Cómo quién?, quiso saber el Mohamed, que es un poco burro para según qué cosas. Porque, ¡anda!, si hasta un niño de teta sabe que Peter Pan es una película de un chaval que no quiso crecer y vivía en el país de Nunca Jamás. Yo esa película la he visto un porrón de veces. Cuando la pusieron en el cine de la placita, el Santi y yo nos colábamos cada tarde para verla.

¿Os cuento la obra que vais a representar?, preguntó el Marlon. Vaya, sí. Todos le escuchábamos. Yo sin dejar de comer; que ya iba por el segundo bocata. En cambio la Lola se había parado en el primero. Parecía un poco cansada. Como si tuviera sueño. A veces le pasa eso, a la Lola, ¿sabe usted? Es porque su madre necesita la casa para trabajar. Y, cuando está dentro con alguien, el Rafa y ella se tienen que ir a la calle a jugar un rato. A veces nos encontramos en el bar La Palmera para poder ver la tele. El Paco no es mal tío y, si no metemos bulla, nos deja quedar en un rincón mirando la película o lo que echen. Bueno, si es el telenoticias, salimos a la calle porque es un latazo. En cambio, si hay anuncios, nos quedamos porque son de alucine; a veces, mejores que las películas. ¿Se ha fijado usted? O sea, que la Lola bostezaba mucho, y el Marlon se dio cuenta. Es que no se le escapa una, al tío. Yo creo que para ser profesor, uno tiene que ser así. Entonces le acarició el pelo, y le dijo: Pobrecilla, qué cansada estás; anda, ven aquí. Y se la sentó sobre sus piernas. A mí me dio rabia. Siempre me da un poco de hincha que la acaricie o cosas de ésas. Ya sé que él lo hacía como si fuera su padre. Pero hubiera preferido que se sentara sobre mis rodillas. Si hubiera sido mayor y no pequeño, seguro que se hubiera sentado en las mías. Sólo de pensarlo se me ponía un nudo en la garganta. Ya me estaba dando el colocón, ¿ve usted? Entonces, el Marlon nos contó la historia.

Dijo que se la había inventado él. Ya se veía; no hacía falta que lo aclarase. Si era una soplapollez. Nada de aventuras, ni de extraterrestres, ni de coches policías. ¡Qué va! Tampoco había pistolas, ni tiros... En cambio, había un ángel. ¡Un ángel! ¿Se imagina usted? Un rollo, ¿sabe? Pero, como ya estábamos puestos y además algunos, como yo, todavía comíamos el segundo bocata, pues le escuchamos. Ya le digo, era una memez de campeonato: la Lola era una señora pobre, que no tenía dinero para comprar comida a su marido, que era paralítico. El Patapalo, dijo el Marlon. ¡Y un cuerno!, me quejé, si yo no soy paralítico... Es sólo una forma de hablar, dijo el Marlón, ¿lo entiendes? Tú eras el marido de la Lola y no podías andar. ¡Jopé! ¡El marido de la Lola! Eso sí que me molaba, ¿sabe? Entonces la Lola, que las pasaba muy canutas, decidía robar en un puesto del mercado. Le robaba huevos y un pollo a la Fátima, que era la tendera. La Fátima gritaba: ¡Al ladrón, al ladrón! ¿Por qué gritaba al ladrón si era una ladrona?, preguntó la Fátima. Es otra forma de decir, explicó el Marlon. Pues yo diré ¡a la ladrona!, replicó la Fátima. El Marlon siguió contando, aunque se notaba que tantas interrupciones le ponían de los nervios. Entonces, llegaba el Mohamed que era un policía y detenía a la Lola y la conducía al calabozo. Cuando llegaban allí, aparecía el Santi, que era un ángel. ¡No me jodas! ¿Un ángel? ¡¿Un ángel?! Yo no voy a hacer de ángel, berreó el Santi. Y se levantó de la silla de un salto. La silla se cayó al suelo y todos los fulanos que estaban en el bar nos miraron. El Marlon dijo: Si no dejáis de hacer tonterías, nos largamos ahora mismo, y se terminaron los bocatas y las cocas. Como yo quería el tercer bocata, y los demás también seguían teniendo hambre, nos callamos. El Marlon le dijo al Santi que él tenía que ser el ángel porque era el único un poco rubio. El Santi se puso con las manos en la cintura y los codos para afuera: ¿Y usted cómo sabe que los ángeles son rubios? El Marlon no lo sabía, claro. Pues que sea el Mohamed; además, que yo quiero hacer de policía. El Marlon dijo que el Mohamed era demasiado oscuro. Pero le contestamos que seguro que había ángeles negros. Sí, sí, yo seré el ángel, gritó el Mohamed, que se veía que estaba feliz de poder hacer de ángel negro.

El final de la historia lo contó muy deprisa porque me parece que estaba hasta los huevos de todos nosotros. La Lola se había quedado frita. El Marlon la sacudió muy suavemente y le preguntó si quería un polo. Al oír lo del polo, la Lola se despertó toda. Mientras pensábamos de qué queríamos el helado, el Marlon le volvió a acariciar la cascada de pelo a la Lola. ¡Jo! Es que tiene un pelo... Entonces, de pronto, ella puso una cara rara. Como si un bicho o así le hubiera picado el culo. Y se quedó muy tiesa, como una escoba. Empezó a querer bajarse de encima del Marlon. Al final él la dejó ponerse otra vez en la silla. Bueno, nadie más que yo se fijaba en eso. Yo, como todo el rato miraba a la Lola... En cambio, los demás sólo pensaban en el sabor del helado. La Lola lo pidió de chocolate. Yo, de tres gustos. El Mohamed se lo terminó en una patada, porque le pegaba mordiscos. Yo no puedo hacer eso... Tengo que lamerlo despacito, si no, las muelas me duelen cantidad. En cambio, la Lola se lo metía todo en la boca, y luego lo sacaba todo despacito, alargando los labios para fuera y metiendo las mejillas para adentro. ¿Sabe qué quiero decir? Lo hacía para que se le fuese quedando delgadito, delgadito de la punta. Tan delgado se queda que, al final, es transparente; sólo de hielo. El Marlon la miraba muy fijo, muy fijo, como hace algunas veces.

Cuando terminamos los helados, ya era hora de volver a clase. Había sido un mediodía estupendo. Mucho mejor comer bocatas con el Marlon en el bar de la placita que trincarse unas patatas estofadas en el comedor social...

Un día fue el cumpleaños de la Lola. Cumplía nueve. Ya éramos iguales. A mí, me lo había chivado el Rafa. Yo hubiera querido comprarle un regalo, pero no tenía un duro. Unos días antes de su cumpleaños, me acerqué a los puestos de La Rambla. Pensaba que a lo mejor el Alí me podía dar uno de los peluches rosas y blancos. Yo sabía que a ella eso le iba a gustar cantidad. No podía pagárselo, pero creía que a lo mejor me fiaba, y se lo podía pagar más adelante, cuando tuviera algo de guita. Eso hacen mi madre o la Mari, algunas veces. Pero el Alí casi me corre a hostias. Qué si me había enterado de lo jodida que estaba la vida. Pues, sí, estaba jodida. Tampoco saqué nada de Ingrid. Ésa es una alemana, ¿sabe quién quiero decir? Una muy rubia, muy rubia, que vende pendientes de cuentas de cristal. Le dije que si quería podía ayudarla a vender algunos sábados y domingos, a cambio de un par de pendientes. Pero no necesitaba ayuda. Bueno, al final, ¿sabe qué hice? Le parecerá una gilipollez, pero eso hice. Fui mirando por el suelo: las aceras, las calles y, sobre todo, el jardincillo del otro lado de La Rambla, donde juegan las criaturas, para ver si le encontraba clips. ¿Sabe a qué me refiero? Esos clips de colores para el pelo. Ya..., ya le he avisado que le parecería una soplapollez. Pero, un día que tenga tiempo, haga usted lo mismo. Se dará cuenta de la cantidad de clips de colores que se tropieza por la calle. Quizá las chicas los van perdiendo sin darse cuenta... Conseguí recoger lo menos doce. Tres los tiré, porque estaban hechos una mierda. Me quedaban nueve. Los envolví en un papel de plata de los del chocolate y se los regalé. Yo vi que la ponían contenta. Muy seria, casi sin sonreír, como es ella, se alzó de puntillas –yo soy más alto que ella– y me dio un beso muy rápido en la mejilla. Otra vez me dio el colocón. Y mi pito empezó a moverse. La Lola dijo que los clips le gustaban mucho. Mucho más que la cinta roja para el pelo que le había dado el Marlon. Claro que le había hecho un regalo. ¿No estábamos en que era como si fuera su padre? Pues se lo tenía que hacer, ¿no? La Lola me dijo que esperase. Yo la vi que se iba al váter y, al volver, ¿qué diría usted que llevaba en su cascada de pelo? ¿La cinta del Marlon? No. Se había puesto tres clips míos en un lado, y tres clips en el otro.

Lo de la obra de teatro del Marlon no estaba tan mal, no se crea. Hombre, es verdad que había que aprenderse algunas frases de memoria y, a mí, eso de memorizar no se me da muy bien. Pero, en cambio, muchos días nos quedábamos una hora más en el colegio. Al Mohamed y al Santi les daba mucho por el culo, que ellos lo que querían era largarse. A mí, sin embargo, me gustaba. Como yo era el marido de la Lola... Y ella tenía que decirme: Ay, marido mío, ¿qué vamos a hacer tan pobres? Era una estupidez, ya se lo he contado antes. Sólo que, mientras la Lola me soltaba eso con su voz de peluche, me iba acariciando el pelo. Igual que el Marlon le hacía siempre a ella, ¿sabe? Y a mí me daba un coloque que, al salir, iba flipado perdido. El Santi y el Mohamed se pasaban el día quejándose, que el Marlon era el palizas mayor del barrio. Ellos lo que querían era salir pronto del colegio para irse a fumar un peta, o por lo menos un cigarrillo. Porque en el colegio la cosa siempre se pone muy chunga, ¿sabe? En cuanto que te encierras en el baño, ya tienes a algún profesor detrás para saber qué leches pasa. Nosotros nunca tenemos pasta para comprarnos cigarrillos. Mucho menos una china, claro. A eso el Rafa nos invita algunas veces, cuando ha pillado algo. Los cigarrillos es distinto. El Mohamed y el Santi siempre me mandan a mí a por palitroques. Ellos creen que es mejor que me ocupe yo porque me enrollo bien con la gente. Bueno, y con las tías, ni le cuento... Ésas son las que se me dan mejor. Me pongo en una esquina de La Rambla a ver pasar al personal. Para elegir, ¿sabe? No me sirve cualquiera. Necesito una tía..., aunque mejor si van dos o tres, porque se ríen más y están más tranquilas. No tienen que ser tías muy jóvenes. O sea, de catorce o así no me sirven. Tampoco muy mayores. ¿Usted cuántos años tiene? Como unos cuarenta, ¿no?... ¡Ah! Pues como el Marlon, que tiene cuarenta y seis. Eso nos contó hace poco, que ya va para los cincuenta. Pero ¿sabe qué?, el tío sigue viviendo con su vieja. Se ve que le da pena su madre y por eso viven juntos los dos. Yo, en cuanto que sea un poco mayor, me largo de mi casa para no ver más a la mía, ¡oiga! Bueno, viejas como usted o como el Marlon, no. Me sirven las de veintitantos. Además, tienen que ir fumando. Eso es importante, porque si les va el tabaco entienden que uno esté medio desesperado por conseguir un cigarrillo. Cuando las veo, me acerco a ellas, poniendo cara de pena. Mire, es así. ¿Qué le parece? Es una cara mitad de buen chico, mitad de tristeza... Con las mujeres eso funciona siempre. ¿No se ha fijado usted? ¡Eh! ¿me dais un cigarrillo?, les suelto. Anda, ya, si eres muy pequeño para fumar, contesta alguna de ellas. Ahí, ya empieza bien la cosa. Porque si no dicen nada y pasan a toda leche a tu lado, es que no hay forma de sacarles un palitroque. Pero si contestan,... ¡al bote! Me enrollo. Como una persiana. Les cuento películas; no de indios, ni del almacén del Farlopa y de la Lola. No. Les largó una historia triste, que dé mucha lástima, y en seguida se ablandan. Luego, las hago reír un rato contándoles cosas cachondas o de miedo. No falla: al final, me regalan algún cigarrillo. De vuelta a la calle, el Mohamed y el Santi me aplauden. ¡Eres un fiera, tío! ¡El más grande, joder! Nos inflamos a fumar gracias a eso. A la Sole también le damos, cuando aparece. Aunque cada vez la vemos menos... La Lolita no fuma. Si ya le digo: es una niña distinta.

Y tenía que haberla visto el día de la función de teatro. Ese día estaba yo muy nervioso porque la íbamos a hacer delante de toda la basca de nuestro curso. Habíamos llevado algo de ropa para disfrazarnos. Bueno: el Marlon nos ayudó mucho con cosas de su casa. A mí me prestó una chaqueta negra suya. Me iba un poco grande, pero le doblé las mangas, y tan tranquilo. También me pintó un bigote. ¿Sabe cómo lo hizo? Quemó un tapón de corcho, que se quedó muy negro. Con el tizne me dibujó un bigote oscuro y espeso que casi parecía de verdad. Al Mohamed le trajo un camisón azul celeste de su madre.

El Mohamed dijo que él, aquello, no se lo ponía ni amarrado. El Marlon dijo que los ángeles llevan túnica, y que nunca se había visto un ángel con vaqueros y zapatillas deportivas. Al final, el Mohamed se convenció. Aunque eso fue cuando echó los ojos encima de las alas que le había preparado el Marlon. Unas alas... ¡Jopé, con las alas! Eran grandes, como de plata y con bolitas de algodón pegadas. Al ver aquel par de alas tan chulas, el Mohamed decidió ponerse el camisón azul. El Santi se cachondeó de él un buen rato. Pero lo mejor de todo fue el disfraz de la Lola. El Marlon le puso unos zapatos de tacón negros. Como le quedaban grandes, hubo que rellenarlos con papel de periódico. Y le pintó los labios con una barra brillante y roja. No creo yo que aquel pintalabios fuera de su madre, que una vieja no usaría nunca aquello tan rojo rojísimo para sus morros. Al Marlon le temblaba la mano mientras la iba pintarrajeando. Por eso no le quedó la pintura exactamente encima de los labios, sino un poco salida por fuera. Era como si la Lola tuviera la boca más grande que antes. Estaba rara pero guapa. La Sole, que estaba muy cabreada por no participar, le dijo que se iba a pegar una leche subida en aquellos zapatos tan altos. ¿Usted cree que la Lola se cayó? Pues, no. Andaba de bien... Como si toda la vida se hubiera paseado montada en unos tacones. Y se recogió el pelo en un moño. Oiga, parecía una niña, pero como mayor. ¿Entiende lo que le digo? O sea, que seguía siendo ella, una niña seria y tímida, pero como disfrazada de la Mari. No sé... Una cosa muy extraña. Hasta el Marlon dijo que estaba preciosa.

La función fue un éxito total. El Mohamed, el Santi y yo no sabíamos muy bien por qué. Si era una bobada muy grande... El caso es que la directora del colegio vino a ver al Marlon para felicitarlo. El Marlon estaba contento; se le notaba. Al final, la directora también nos dijo a nosotros que lo habíamos hecho de miedo. Y dijo que por qué no representábamos la obra delante de los otros cursos del colegio. La Sole estaba muy cabreada y nos dijo que ella no pensaba venir ese día. El Mohamed y el Santi estaban que se salían. Se sentían muy importantes. Bueno, yo también, la verdad. Aquello era casi mejor que las películas de mi cabeza, aunque no hubiera tiros ni extraterrestres ni pudiera salvar a la Lola de los malos. El Mohamed ya empezaba a decir que de mayor sería actor. El Santi no lo tenía tan claro: dudaba entre ser actor o ser pistolero. La Lola casi no decía nada, como siempre. Es que habla muy poquito, ¿sabe usted? La Fátima estaba preocupada porque el pollo que le tenía que robar la Lola era un muñeco de peluche de su hermana pequeña. Como las dos son hijas de Alí, ellas sí pueden tener peluches rosas y blancos. Pues resulta que el pollo se había descuajeringado del tirón que le había pegado el Santi al detener a la Lola. La Fátima lo miraba por arriba y por abajo, y no estaba por lo que hablábamos los demás. ¿Oyes, Fátima?, le dijo el Marlon, ¿que si quieres volver a hacer la función la semana próxima delante de todo el colegio? Fátima dijo que bueno, que sí, pero que ella no volvía a traer el peluche; que se traería el gato de verdad de su casa, que ni a ella ni a su hermana les iba a molestar mucho si ése se descuajeringaba. Quedamos para hacerla otra vez un día de la semana siguiente, o sea, hoy.

Esta tarde el Marlon nos ha traído para disfrazarnos, además de las cosas de la semana pasada, alguna nueva. A mí, un sombrero. Me iba grande y me tapaba los ojos. Pero lo hemos rellenado con un trapo y entonces ya no se me caía hasta la nariz. Al Santi le ha traído un casco amarillo. De esos de las obras, ¿sabe, usted?. El Santi no se lo quería poner porque decía que no era de policía. Al final, el Marlon le ha convencido. Le ha dicho que era un casco de policía galáctico, o sea, del espacio. Para el Mohamed había preparado como un aro de oro, de esos que llevan los santos. Y a la Lola le había traído una combinación negra toda llena de puntitas. El Mohamed ha dicho que no quedaba bien que la Lola fuese en ropa interior. Pero el Marlon le ha contestado que no se entera de nada. Que aquello no figuraba una combinación, sino un vestido de verano fresquito. El Mohamed ha dicho que bueno, pero que a él le seguía pareciendo una combinación. La Lola se la ha puesto. Le quedaba muy bien. No se crea usted que grande y fachosa como el camisón azul celeste del Mohamed. Para mí que la combinación negra no era de la vieja del Marlon.

Esta vez hemos hecho la función en la sala de actos del colegio. Tiene un escenario alto. Y muchas sillas delante. Estar allí arriba, con tanta gente mirando, daba un no sé qué. La Sole no ha venido, tal como prometió. A mí me dolía la barriga. Pensaba que quizá me olvidaría de lo que tenía que decir. Pero cuando la Lola me ha hablado con su voz de peluche blanco y rosa, se me han pasado los retortijones. Ya no tenía miedo. Además, los de las sillas se callaban como si fueran mudos. Eso es muy raro en mi colegio, ¿sabe usted? Siempre hay mucho follón. Se ve que les estaba gustando y por eso no hacían el cafre. Y, sí, hemos vuelto a triunfar, oiga. Nos han aplaudido a rabiar, aunque al Mohamed le había dado un ataque de risa cuando tenía que decir: Yo soy un ángel. El público también se ha reído, como si aquélla fuera una parte graciosa de la obra. Claro que igual se mondaban por la facha que traía el Mohamed. ¡Jo! Porque entre el camisón azul celeste y la corona de santo, tenía una pinta... El Marlon ha tenido que subir al escenario a saludar. La verdad, ha sido muy emocionante. Entonces ha subido la directora y ha echado un discursito. Ya nadie la escuchaba. Todos los de las sillas hablaban y se movían y tiraban papeles por el aire. En fin..., lo normal. Luego, el público se ha largado, menos los profesores, que se han quedado con nosotros y con el Marlon. Todos estábamos muy contentos. La directora ha dicho que quería celebrarlo un poco. Y ha sacado unas naranjadas para los niños y champán para los mayores. Al cabo de un rato, los mayores charlaban y metían más bulla que los niños. Sobre todo el Marlon, que hablaba muy alto y se reía muy fuerte. Estaban tan entretenidos que el Mohamed y el Santi han decidido largarse a ver si el Rafa tenía un peta y podían ellos celebrarlo como la cosa se merecía. Yo me he quedado para estar con la Lola. La Fátima seguía preocupada con su pollo roto. Porque el Marlon no le había dejado que se trajera su gato de verdad. ¿Y si se escapa por el escenario?, le había dicho, ¿no ves que se va a montar un follón terrible? Así que la había convencido para traer de nuevo el peluche. Y con los tirones que le había pegado el Santi, estaba el pobre que se caía a trozos. Una profesora le decía a la Fátima que no se preocupara, que aquello se podía arreglar; que la iba ayudar a coserlo. El Marlon cada vez estaba más colorado y más bullanguero. Oiga, él, que siempre habla flojito, como si le diera miedo molestar al personal, iba dando unas voces... La Lola me ha dicho que quería limpiarse antes de ir a casa. Yo le he contestado que también quería quitarme el bigote de tizne. Así que hemos cogido nuestros vasos de naranjada y nos hemos ido al váter de las niñas.

Está prohibido que los niños entremos en el váter de las niñas, ¿sabe? Pero hoy era una tarde especial y nos lo hemos pasado por el forro. Antes de limpiarnos, nos hemos sentado debajo de la ventana a beber las naranjadas. Al principio estábamos los dos callados. Yo no sabía qué decir. Como siempre que estoy a su lado, me había dado ese colocón y me sentía flotando en una nube. Era la primera vez que ella y yo estábamos solos. Sin darme cuenta me he puesto a pensar en mi película favorita, ésa en la que salvo a la Lola sacándola del almacén del Farlopa, ¿se acuerda? ¡Jopé! Ya me veía sentado junto a la fuente de la placita. Bueno, pues no era la fuente de la placita pero era el lavabo del váter de las niñas. Tampoco estaba mal, aquello. Sólo que la Lola ni decía nada, ni me daba un beso, como en mi película. Estaba muy callada. Con los labios más rojos que nunca, por el pintalabios que le había puesto el Marlon. Todavía no se había quitado la combinación negra de puntillas. Iba descalza, porque, como le resultaba un latazo muy cansado andar subida en aquellos zapatos de tacón, los había dejado tirados en el escenario.

Estaba yo soñando en salvarla y, de pronto, la Lola ha dicho: si fueras mayor podríamos irnos los dos lejos de aquí, y no volver a ver nuestras casas, ni este colegio, ni al Marlon,... Me he quedado lelo. Que tuviera ganas de marcharse de su casa, lo entendía. Yo también quiero irme de la mía como hizo el Juan.

Un día, cuando sea mayor, me largaré, ¿se lo he dicho a usted? Lo que yo no entendía era por qué quería marcharse del colegio, si a ella le mola mucho estudiar y esas cosas que a mí me la traen al pairo. Y, sobre todo, ¿por qué quería perder de vista al Marlon? Si él siempre la trata mejor que a las demás, como si fuera un padre de los de verdad. No entendía por qué había dicho eso, pero me daba lo mismo, porque lo que me había dejado turulato era que quisiera irse conmigo. ¿Se da cuenta? Era como si ella también tuviera una película en la cabeza. Una película en la que yo la salvaba, ¿verdad? Me dio más colocón aún. Entonces, me puso su mano sobre el brazo. Me quedé sordomudo total. Y con el pito moviéndose más que nunca. Yo miraba la pared de enfrente, donde alguna niña había escrito con letras de palo: Mientras cago, pienso. Y debajo, con otra letra, alguien había escrito: Pues no pienses tanto que apesta. Yo no entendía muy bien por qué pensar echaba mal olor. No lo entendía, en serio. Tampoco entendía por qué la Lola no quería ver más al Marlon y por qué quería marcharse conmigo y me había puesto la mano sobre mi brazo. No lo entendía pero me gustaba mucho. Su mano era pequeñita, y estaba caliente. Entonces, la Lola me ha acariciado un poco el brazo y me ha dicho: ¿Quieres que seamos novios? ¡Jopé! ¿Novio de la Lola? ¡Vaya potra! No podía contestar porque seguía sordomudo. He movido la cabeza así, ¿ve usted?, para que ella supiera que sí quería ser novio suyo. Entonces ha apretado sus labios contra los míos. Mi pito se ha movido como si fuera un pez. Cuando los labios de la Lola se han despegado de los míos, he visto que mi bigote negro se había quedado marcado entre su boca y su nariz. Daba un poco de risa. He notado que dejaba de estar sordomudo. Le he podido preguntar: ¿Ahora ya somos novios? No, ha dicho ella; todavía falta algo. Y se ha quedado pensando, como si no supiera bien qué era lo que faltaba. Al final, se ha levantado y me ha dicho: Ven, vamos a hacer pipí juntos; eso es lo que nos falta para ser novios. Hemos entrado en uno de los cuatro cuartitos donde están los retretes. Ella se ha bajado las bragas y yo me he bajado los pantalones. Aunque no me hiciera falta, era mejor, creo yo. Nos hemos mirado. La rajita de la Lola no era como la de la Mari porque no tenía ni un pelo. Y entonces, antes de que pudiéramos hacer pipí y acabar de ennoviarnos, he visto al Marlon, muy rojo, gritando sobre nuestras cabezas. Me ha pegado una hostia de campeonato y me ha chillado: ¡Fuera de aquí, cerdo; lárgate a tu casa! Yo me he subido los pantalones para poder andar. Cuando ya salía, la Lola me ha mirado con sus ojos oscuros como la fuente de la placita y me ha dicho: No. Nada más. No ha dicho nada más. Yo he salido al pasillo y me he quedado quieto. No me he ido cagando cocos a mi casa. No estaba seguro de querer irme. ¿Podía dejar a mi novia allí? ¿Tenía que salvarla? ¿Me iba a pegar más el Marlon si no me daba el piro en seguida? Yo nunca había visto al Marlon tan cabreado. Ni tan rojo. Ni tan..., ni tan borracho, eso es verdad. Que llevaba una cogorza como las que pilla mi madre algunas noches. Y la Lola estaba con él. Pero ella había dicho que lo que quería era que fuésemos mayores para no ver nunca más al Marlon. Así que yo no podía abrirme. Me tenía que quedar y sacarla de allí, ¿no? En ésas estaba, sin saber muy bien qué hacer y un poco acojonado. No sé cuánto rato había pasado mientras yo piensa que piensa en lo que debía hacer, cuando la he oído gritar. La Lola gritaba, sí. Ya no lo he rumiado más. Tenía que entrar y salvarla, como si el váter de niñas fuera el almacén, y el Marlon, el Farlopa. He abierto la puerta del váter. La Lola seguía en el cuartito del retrete. Estaba en el suelo sin las bragas, y lloraba. Al Marlon, yo no le podía ver porque estaba detrás de la puerta. Pero él sí me ha visto a mí y me ha gritado: ¿Ves qué le has hecho? Le has hecho mucho daño. Pero, en serio se lo digo, la sangre no se la he hecho yo. De eso estoy seguro. Quizá ha sido ella sola. Se habrá caído o algo así.

Estrasburgo, 2000

LOS GEMELOS TRISTES
Francisco M. Marín

1

Hola, chicos, hola chicas. Encantada de conoceros. Aquí me tenéis para lo que os haga falta. Me llamo Mariona (Mary para los amigos) y es verdad que no nos conocemos, pero si a vosotros no os importa hablar con una desconocida, a mí tampoco, así que voy al grano.

Soy una chica de catorce años (casi quince), morenita, ojos caramelo y nariz respingona, ni muy desarrollada ni lo contrario, clase social baja, es decir, el tipo de clase que se estila en mi barrio, y a la que le gusta ir al grano.

La que voy a contar es una historia complicada. Una historia que ocupa varios cuerpos. Cuerpos físicos. Tridimensionales. Con sus parietales, sus abdominales, sus bíceps, sus tríceps, y todos los «...íceps» con los que hayáis trajinado en vuestras prácticas de laboratorio. Esas prácticas en las que tú te aposentas sobre un taburete diseñado para jugadores de baloncesto (los del IES Hermanos Marx son así), te dispones a diseccionar el cuerpo de una asquerosa rana de diez centímetros blandiendo el escalpelo mientras piensas en el profe de Historia y en las consecuencias de su último control sorpresa sobre el estado de ánimo del grupo-aula, y entonces...

Entonces...

■

¡Eh! ¡Aguardad un momento! ¡Tiempo! ¡Tieeeempoooo!

¡Grupo-aula! ¿He dicho *grupo-aula*?

¡Aghhh! ¡Qué asco! ¿Cómo has podido utilizar semejante vocabulario, Mary?

Grupo-aula es el palabro con que los listillos llaman lo que siempre se ha llamado clase. Y no lo soporto.

¿Os imagináis a alguien vacilando: eh, chicos, se ha acabado el patio, tenemos que volver pitando al grupo-aula o el profe de Sociales nos clava un parte?

Cierto, cierto. El recochineo iba ser espectacular.

Es más. Si no fuese porque la revista del cole (*Sopa de ganso*, luego volveré sobre ella) es un redil de pelotas, con la única excepción de yo misma, la Mariona que os habla, escritora independiente que no se vende a la dirección; si no fuese por eso, repito, les endosaba un artículo sobre el nuevo lenguaje escolar –*Grupo-aula, objetivos de integración, dramatización tutorial, asunción de conocimientos*– que le iba a cortar el hipo al Jefe de Estudios.

¡Ah, la desalentadora escuela del siglo XXI y su influencia sobre las clases bajas, que son la mía! ¡Eso sí que es un cuento!

Pero será mejor que deje a un lado la pedagogía moderna (ya me pensaré cómo se las cuelo a los de

Sopa de ganso, que para que lo sepáis, es una película de los Hermanos Marx) y me concentre en mi historia.

¿Os acordáis de mi historia?

■

Estábamos con el escalpelo y la ranita porque iba a hablar de cuerpos. *Bodies* en *english*. ¿Se ha movido vuestro disco duro bajo el influjo de esa palabra? Entonces efectuad el siguiente paso: sustituid la rana de la mesa de disección por un póster en colores de Keanu Reeves, con su pecho lampiño, que quiere decir sin pelo; sus pómulos tostados como un biquini de jamón dulce, ojos carboncillo y un trasero picudo encajado en unos vaqueros de marca fabricados en alguna sucursal de Taiwan de ésas que explotan a los niños.

Si habéis hecho eso, ya tenéis una idea de lo que pretendo. Pero todavía tengo que pediros un esfuerzo más. ¡Vamos, muchachos! ¡No seáis perezosos! ¡Un pequeño esfuerzo más para vuestra amiga Mariona!

Cinco líneas atrás la aquí presente Mariona Balaguer Balaguer (mis dos apellidos son iguales, aunque el primero es un postizo sin consecuencias) os ha sonrojado con un póster de Keanu Reeves. Pues ahora imaginaos dos pósters de Keanu Reeves. ¡Dos pósters de Keanu Reeves, el escultural actor de *The Matrix*!

Mejor todavía: ¡visualizad una doble representación tridimensional de Keanu Reeves deambulando por el patio del colegio! ¿Lo habéis conseguido? ¿Habéis enfocado sendos cuerpos con claridad?

Bien, ahora contestadme una pregunta: ¿Es o no es

la mía una historia de cuerpos? ¿Es o no es una excitante narración supervirtual?

Pues aquí es donde comienza mi relato.

Mi historia narra los verdaderos acontecimientos mediante los cuales el doble cuerpo de Keanu Reeves se volvió carne y hueso y se vino a estudiar con nosotros al Hermanos Marx, que es donde podéis encontrarme en horario de oficina.

Y os advierto que es una historia triste. Alegre y triste, para ser más exactos

2

Aquella mañana en que comenzó todo, los ánimos en el cole estaban caldeados.

Era miércoles. En el exterior, el día había aparecido nublado. Hacía frío, la niebla del parque confería al entorno un tinte mortuorio, pero..., como no fuese que era febrero y que el tutor había sido atropellado por una gripe asesina, que no le veríamos durante tres o cuatro días y que eso atrasaba la tramitación de las faltas injustificadas del último mes; excepto por ese detalle, la vida seguía siendo la vida, la niebla que subía del río era la niebla que subía del río y mi aula de cuarto de ESO B seguía siendo mi aula de cuarto de ESO B.

Aunque siempre es una buena noticia que a un profe le atropelle la gripe, aquélla era una de esas jornadas tan melancólicas que ni siquiera eso nos hacía felices (¡gracias, Juan, por favor, no te cures esa gripe demasiado pronto!, ¡complícatela con una hepatitis!). Y, sin embargo, había excitación en el ambiente.

De los treinta alumnos de clase, la única que mantenía la cabeza en su sitio era yo. El motivo de mi autocontrol era la gripe que acababa de disfrutar encerradita en mi casa. Dos días y medio de fiebre, y uno de convalecencia harteramente simulada para estirar el fin de semana con la complicidad de una abuela encantada de mi compañía.

Desde que nos dejó mi padre y mi madre hace el turno de noche en la fábrica de cartones, mi abuela está encantada de mi compañía. Aunque luego, a la hora de la verdad, apenas intercambiamos palabra para no despertar a mamá, que duerme de día con el antifaz de una compañía aérea de vuelos transoceánicos evocando a papá, que voló en un avión a Buenos Aires y nunca más volvió.

A veces mi madre cambia el antifaz por un novio que también es transoceánico pero de Guatemala, y mi abuela y yo nos quedamos en la cocina. Pero no querréis que os cuente toda mi vida en un cuento, ¿verdad?, de modo que el segundo novio transoceánico de mamá, que es muy majo, se queda en este párrafo.

Cuando no está cocinando mermeladas en el microondas, mi abuela mira programas basura por la tele y me deja a solas con mis compacts y un cuaderno donde apunto ideas para la revista del colegio, a sabiendas de que el responsable de extraescolares se encargará de censurármelas por mi bien. Durante mi gripe, yo había anotado siete propuestas de artículos. No sospechaba que los acontecimientos las lanzarían al pozo del olvido por culpa de Keanu Reeves.

■

Así que –retomo el hilo donde estaba– aquella mañana de febrero yo había vuelto al cole, pero había llegado tarde y cuando asomé la cabeza la profesora de Física, María Luisa, llevaba media pizarra garabateada con sus explicaciones presentadas bajo el epígrafe: *«Esto es de sexto de primaria, pero lo repetiré porque hay gente que aún no se ha enterado de la edad que tiene»*.

Antes de entrar en el aula golpeé la puerta con los nudillos, estiré mis ojeras, asomé la cabeza por la rendija de la entrada y pregunté:

–¿Puedo pasar?

María Luisa es tan simpática que, en vez de arrojarme el borrador a la cabeza, emitió un gruñido que yo interpreté como:

–Pasa, pasa, guapa. Encantada de verte.

Cuando en realidad había dicho:

–¡Ahí llega la Bella Durmiente! ¡A menudas horas! ¡Si no te funciona el despertador, cómprate uno nuevo, Mariona Balaguer *bis* o apáñatelas tú con el tutor!

Yo le di las gracias por su comprensión, entré en el aula y me senté junto a mi amiga Eva, que es mi mejor amiga de este curso (¡a ver si aún lo eres del próximo, rica!, ¡que tú eres un poco veleta!). Fue entonces cuando me percaté de que Eva tenía una cara muy rara.

–Eva, tienes una cara muy rara –le dije–. ¿Aún estás enfadada conmigo?

Pero ella lo único que hizo fue darme un codazo de bienvenida para que me callara.

Como no soy manca, comprendí que sí, que me había perdonado lo que en seguida os contaré. Le asesté otro codazo y luego miré a derecha e izquierda y comprobé que todas mis amigas y las que no son mis amigas (Mireia, Paula, Sonia, Sandra, etcétera, pero sobre todo Sandra) tenían caras muy raras. Y que todos mis amigos y los que no son mis amigos (Alberto, Toni, Fernando, etcétera, pero sobre todo Toni), la tenían de fastidio.

De profundo y rabioso fastidio.

Me pareció tan extraño que miré a un lado y luego miré al otro para certificar que lo que veía era cierto.

Lo era: todos tenían cara de extraterrestres. Cuando sonó el timbre (¡adiós María Luisa! ¡a ver si a ti también te atropella la gripe!) aún no había averiguado la causa de aquellas expresiones desoladas y traté de poner cara de simpática.

Mejor, tachad eso. Para qué voy a mentiros. Yo sólo soy simpática con los que me hacen caso, que es la forma de ser simpática que usamos en mi barrio, así que lo que puse aquella mañana fue cara de Spice Girl pija. Apreté los morros y fingí no sentir la mínima curiosidad por las razones de tanta expresión desolada... aunque creía conocerlas.

Pero lo que me sorprendió más fueron ciertas miradas esquivas lanzadas hacia la ventana. Unas miradas cargadas con un aroma de novedad del que hasta entonces no me había percatado.

«Mariona, aquí hay gato encerrado» me dije para mí mientras estudiaba la cara de Eva y me percataba de que mi mejor amiga del presente (¡ya veremos si también del futuro!) se había aplicado doble dosis de colorete en los pómulos.

3

–Imagínate que una mañana te pones delante de un espejo que a su lado tiene otro espejo y que lo que ves en los dos espejos te gusta, ¿qué se supone que ves? –me preguntó Eva cuando conseguí que me hiciera un poco de caso.

–¿Qué tontería es ésa? –exclamé yo.

–No es ninguna tontería, Mary. Eso es exactamente lo que ha ocurrido durante tu gripe. Que nos ha visitado el doble de Keanu Reeves. Ven a verlo antes de que llegue Víctor. Sólo tardaremos diez minutos.

Víctor es nuestro profesor de Dibujo Artístico y es un buen tipo. Os hablo de él porque quiero que le toméis a mi instituto, el Hermanos Marx, tanto cariño como le tengo yo. Víctor es bajito, regordete y bonachón. Reúne en su persona la fórmula perfecta para que nadie le tome en serio, aunque a mí me da un poco de pena. ¡Está absolutamente convencido de que lo que hace le interesa a sus alumnos! ¡Piensa que las naturalezas muertas y las proyecciones tridimensionales son parte importante de nuestra vida! En fin, Víctor *el Despistado*: que el error te dure muchos años. Tal y como está la escuela moderna se necesitan almas cándidas como la tuya para que aguante.

Víctor impartía clase en un aula del segundo piso, y como teníamos que cambiar de planta, no hubo manera de negarme a lo que me pedía Eva.

–Está bien. Vamos a ver a tus fenómenos –le dije a mi amiga tomando las herramientas de dibujo y dejándome guiar hacia la parte de los pasillos que daba al campo de deportes pequeño, que es el único campo de deportes que tenemos aquí.

Normalmente, yo no soy así. Hay dos razones por las que casi nunca hago campana.

En primer lugar, porque no fumo y no quiero pillar un cáncer de pulmón en los lavabos del instituto. En segundo lugar, porque no estoy dispuesta a repetir curso nunca más y sólo quiero concentrarme en *Sopa de ganso* y en los amigos. Pero aquella mañana Eva no me dejó otro remedio, así que abandoné a Víctor con su colección de bodegones, seguí obedientemente a mi amiga por el pasillo hasta la ventana del recodo que daba al patio de deportes, le limpié un poco el vaho a los cristales y miré. Ya lo creo que miré.

¿Y qué es lo que vi?

Pues vi que mientras los de cuarto B nos dirigíamos al crédito de Dibujo III, nuestros más fervientes enemigos, los alumnos de tercero de ESO C, sección repetidores, estaban enfrascados en el variable de Tenis de Mesa II.

Tenis de Mesa II es un crédito fundamental en el currículum del instituto. Es tan importante que vamos primeros en la liga del barrio, y se imparte en módulos de dos horas para que los alumnos mejoren el arte del peloteo.

Movimiento de palas con giro de muñeca, posturitas con el tronco inclinado hacia adelante y el culito apuntando hacia atrás y hacia arriba, cara de concentración ante la pelota anaranjada que se mueve a tropecientos por hora..., ésas son las características más visibles del aprendizaje del ping-pong. ¡Y no todos aprueban!

Detallo todo eso porque, si mi narración cae en manos de alguien que no sea alumno de Secundaria, puede deducir que en el Hermanos Marx hay un descontrol de aquí te espero, con alumnos peloteando en el patio cuando debieran estar en clase, y otros mirando por la ventana cuando debieran estar dibujando, o al revés.

No era el caso. En mi instituto se trabaja duro y aquellos chicos se estaban formando para el día de mañana.

–No veo más que a los idiotas de tercero –le dije a Eva.

–Fíjate bien en el grupo que está debajo del almendro (es que en el Hermanos Marx tenemos un almendro) aguardando turno –me contestó ella.

Miré hacia donde ella me señalaba y vi media docena de caras conocidas esperando la vez.

Pero vi más. Mucho más.

Lo que vi fue...

4

Disculpad un momento. Esto que viene ahora es un paréntesis en mi narración.

Mi amiga Eva, que es una entrometida pero me quiere, me acaba de interrumpir porque dice que yo os había prometido ir directa al grano y que, por lo visto hasta aquí, no hay ningún grano a la vista.

–Tienes razón, Eva. Te prometo no volver a despistarme –le contesto, agradecida por su advertencia.

–De nada, Mariona, continúa, pero a partir de ahora sé más concreta por favor.

Fin del paréntesis.

5

Bueno, pues lo que vi aquella mañana de febrero fue el famoso doble de Keanu Reeves multiplicado por dos.

¿Y a nosotros que nos importa lo que vieras?, replicaréis.

Escuchadme bien, chicos y chicas. Lo que os voy a decir va muy en serio. Aunque tengo fama de dura, intelectual y cinéfila (la única cinéfila del barrio, por cierto); aunque sufro puntualmente la furia censora del responsable de extraescolares por el enfoque social que imprimo a mis artículos, yo hasta aquel día era una incauta que no conocía el amor.

¡Ah, el amor!

Lo más parecido al amor que yo había vivido nunca eran las zarpas de Toni intentando soltarme el clip del sujetador por debajo de la camiseta durante la fiesta de cumpleaños de Sandra. Sucedió tres días antes de mi gripe, y como Toni le gustaba a Eva aquello estuvo a punto de acabar con nuestra profunda amistad.

Indiferente a las miradas de soslayo que nos lanzaba Eva, Toni manipulaba mi cierre al mismo tiempo que me metía por los resquicios de los labios algo parecido a una lengua, pero que no sé si era una lengua o un dedo, y que si era una lengua estaba más fría que un helado.

Hay chicos que nacen aprendidos, que llevan la dulzura en los ojos y que no cometen tonterías. Pero mi Toni (o el Toni de Eva y a estas alturas el Toni de Sandra) no es uno de ésos y, además, a mí sólo me gustaba un poco. Aunque se lo advertí, él no cejó en sus ataques hasta que yo no pude soportarlo más y le derramé el vaso de coca-cola por la cabeza y le susurré al oído que se estuviese quieto de una vez con la lengua o se la serraba de un bocado.

Él se detuvo en seco, abandonó mi espalda y luego me dio un poco de pena viendo lo abochornado que se había quedado junto a los bocadillos, con la cabeza gacha pringada de refresco y todo el mundo gastándole bromas por el nuevo peinado, menos Sandra que corrió a consolarle.

La única que seguía seria era Eva.

Al día siguiente yo les pedí disculpas a los dos (perdón Eva, perdón Toni), pero por desgracia para mí, Toni decidió vengarse difundiendo mentiras por el Hermanos Marx a todos los que quisieron oírle: que si yo le había provocado; que si la lanzada era yo, etcétera. Y no hace falta que jure que lo que ese imbécil explicaba sobre mis granos en la espalda es una exageración. Aunque como a mí no me importa tener mala fama porque de mayor quiero ser una mujer fatal, nunca me encargué de desmentirlo. Cuando menos hasta ahora, que lo desmiento: Toni no pasó del clip, y lo de los granos en la espalda es sólo para fastidiarme.

A la mañana siguiente Eva continuaba dolida y yo no tenía ganas de volver al cole. Una gripe acudió en mi ayuda. Me tomé una semana de reflexión durante la cual mi amiga sólo habló conmigo por teléfono (pero con monosílabos: aún seguía un poco molesta, a pesar de contarle que la lengua de Toni era muy fría), y la consecuencia fue que me volví una escéptica en temas amorosos y decidí que el próximo chico lo elegiría yo.

–Nunca te tocará nadie que tú no quieras, Mariona –me dije–. Los chicos son unos idiotas. Me dedicaré a *Sopa de ganso*, al cine y a la literatura.

Sin embargo, lo que aquel día ocurrió fue totalmente distinto. Y si no fuera porque no soporto las vulgaridades, os diría que lo que divisaban mis ojos bien hubieran valido un cierre abierto..., o casi.

■

Se llamaban Raúl y Rubén, eran los seres más hermosos que yo había visto nunca y todo este relato está dedicado a su memoria.

Eran tan guapos que los estuve observando un rato antes de admitir que el espectáculo me interesaba. Luego empecé a tantear a Eva mientras las dos mirábamos su forma de jugar al ping-pong. Físicamente, aquellos gemelos eran una versión reducida de K. Reeves, pero lo que les hacía tan atractivos era su pasado.

–Se supone que están viviendo con su abuela –me dijo Eva–. Nadie ha podido averiguar nada de sus padres.

–¿Y por qué han empezado el curso en febrero? –le pregunté yo.

–Ni idea –contestó ella.– Pero no creo que les importe mucho la fecha en la que viven; y tampoco creo que duren aquí más de un trimestre. Se rumorea que están de paso hasta que les escolaricen en algún lugar de su barrio.

–O sea, es como si fuesen aves de paso –le dije yo. Y en el mismo momento en que dije aquello, la expresión *aves de paso* me pareció enormemente embriagadora.

–Llámalo como quieras –contestó mi amiga improvisando dibujitos sobre el vapor condensado del vidrio–. Lo único seguro es que todas las chicas están pendientes de lo que hacen y que los chicos se meten con ellos porque dicen que no se duchan.

–¿Que no se duchan?

–Sólo en casa. Olaf se lo consiente porque dice que son vergonzosos pero limpios –explicó Eva. Olaf es nuestro profesor de Educación Física y nos consiente casi todo.

«¿Vergonzosos? –pensé para mí–. ¡Guapos y vergonzosos!» Entonces recordé mi aventura con Toni y tomé una decisión de la que nunca me he arrepentido.

–Esta vez no reñiremos por un chico. ¿Cuál para ti y cuál para mí? –le pregunté a Eva.

–No corras tanto, Mary. Me parece que hay lista de espera –bromeó mi amiga.

Yo la miré a los ojos.

–Somos amigas o no somos amigas, Eva –la desafié.

–Eso no tiene nada que ver –se escabulló ella farfullando–. La que acaba de pasar una gripe eres tú... Además, todavía están en cuarentena.

«Traidora», me dije.

Y en aquel mismo momento cambié de táctica.

–Escúchame, Eva, es importante –le dije–. Se trata de la revista. *Sopa de ganso* necesita a esos chicos...

6

–*Sopa de ganso* necesita a esos chicos... –le dije a Eva. Y cuando se lo dije yo sabía algo que vosotros a lo mejor aún no habéis descubierto: que cuando se trata del amor, sólo debéis fiaros de vuestra mejor amiga. Sobre todo, debéis fiaros de vuestra mejor amiga.

Eva me dio un abrazo y aquel mismo día comenzó la *Operación Gemelos*.

El primer paso fue sencillo. Fuimos al aula de plástica justo a tiempo de sumar otra falta injustificada, y mientras Víctor trazaba dos líneas no paralelas y subrayaba la importancia de fijar el círculo máximo posible entre ambas, Eva y yo nos volvimos a escabullir hacia el baño. Mi amiga me prestó su colorete, yo convertí su camiseta en un top que dejaba al descubierto un ombligo envidiablemente redondeado (el mío parece un ocho), y a la hora del patio asaltamos a Raúl y Rubén en la cantina del cole, que es ese lugar del Hermanos Marx donde oficialmente no se fuma y que apesta siempre a tabaco.

Luego sonó el timbre del recreo.

Por suerte para nosotras, los dos hermanos estaban en cuarentena. No sé en vuestro instituto, pero en el mío, la cuarentena es obligatoria. Cualquier recién llegado soporta un par de semanas de vigilancia antes de ser declarado miembro de pleno derecho de la comunidad escolar. Supongo que por si es portador de algún virus.

De modo que ambos estaban en un rincón de la cantina, con sus libros de segunda mano proporcionados por el AMPA, que es lo que llevan aquí los recién llegados; sentados encima de la mesa, que es donde se sienta la gente en la cantina esté o no integrada, y con unas palas de ping-pong muy guapas en la mano en previsión de posibles robos.

Yo evité las miradas de Toni, que tonteaba con Sandra en el otro lado de la cantina, y abordé a los gemelos sin pensármelo dos veces. Aunque me costó un poco, logré articular mi frase de corrido.

–Se trata de un reportaje para *Sopa de ganso* –les expliqué sorteando de ese modo el inconveniente de la cuarentena–. Un estudio en profundidad: *«La vida vista por una pareja de gemelos»*.

Ellos se miraron con sus ojos carboncillo antes de contestar, y en aquel instante yo debería haber empezado a sospechar algo, porque aquellos cuatro ojos me parecieron a la vez muy hermosos y muy tristes; como si te estudiaran desde un lugar que tú nunca habías visitado. Luego me miraron a mí y un poco a Eva y luego se miraron ellos. Luego otra vez a mí y un poco a Eva.

–Os estáis quedando con nosotros, ¿verdad chicas? Queréis gastarnos una novatada.

Se expresaron con tal aplomo que en aquel momento estuve a punto de retirarme.

–Sólo se trata de un reportaje –intervino Eva, viéndome dudar.

–Sólo un reportaje –dije yo.

–Es para *Sopa de ganso* –dijo Eva.

–Para *Sopa de ganso* –repetí yo.

–Una encuesta –dijo Eva.

–Una encuesta –machaqué yo.

–No hace falta que repitáis las cosas –atajaron ellos al unísono–. Somos dos, pero oímos juntos.

–Pues no nos lo pongáis más difícil –repliqué yo.

–¡Eso! –aseveró Eva, estirándose un poco el top porque en la cantina hacía frío y el ombligo empezaba a congelársele.

■

Yo creo que el momento más difícil del amor es el principio. Que el amor es una palabra tan fuerte que necesariamente tiene que ir mal para que luego vaya bien. Para que puedas asimilar todo lo que te produce. En un libro que he leído, a eso lo llama catarsis. Ya sé que suena cursi, pero es así como yo lo veo: que cuando alguien te toque la espalda, lo que tiene que darte miedo no son sus dedos, sino la emoción que te producen sus ojos.

Y también pienso que aquel encuentro premeditado en la cantina del *Hermanos Marx* era el peor principio de los que cabría elegir para una historia de amor.

Imaginad la escena. Rubén estaba sentado frente a mí, a la derecha. Raúl estaba sentado frente a mí, a la izquierda. Y un largo, larguísimo escalofrío de terror me recorrió la columna mientras trataba de explicarles los presupuestos literarios sobre los que se fundamentaba nuestro maldito reportaje para *Sopa de ganso.*

–De verdad. Los gemelos no abundan por aquí. Hace años que se extinguieron los últimos; vosotros sois los restos de una antigua especie. Vuestra información será interesante.

Creo que mis explicaciones sólo sirvieron para ponerme en evidencia, pero a pesar de ello, el primer objetivo de la *Operación Gemelos* fue alcanzado sin bajas. Eran las once y treinta y cinco de aquella mañana de febrero, miércoles, cuando Raúl y Rubén aceptaron reunirse con nosotras a las seis para la entrevista.

–¿Dónde quedamos? –preguntó uno de los dos. Y yo tuve la sensación de que aquel chico hablaba con escepticismo. Que hacía mucho tiempo que nadie les había invitado a nada.

–Hoy es miércoles, de manera que tenemos la tarde libre. Nos encontraremos a las seis en casa de Mary –se adelantó Eva–. Su abuela es una tía legal y no nos molestará.

Al escuchar aquello, me sentí tentada de lanzarle una patada a la espinilla por debajo del bolso, pero me contuve al observar la mirada de curiosidad de Raúl (¿o era Rubén?), mientras Rubén (¿o era Raúl?) le decía a Eva:

–Dadnos la dirección y allí estaremos.

7

Lo cierto es que Eva no mentía: mi abuela es una tía legal dispuesta a cualquier sacrificio por su nieta preferida y única, que soy yo. De manera que sólo tuve que contarle que venían unos chicos a merendar para que me dijese:

–De acuerdo, ya sé lo que vas a pedirme. No me moveré de la cocina.

Yo sabía que a mi abuela le encanta fisgonear y es incapaz de cumplir sus promesas. Pero también estaba convencida de que nos dejaría suficiente margen para llevar la reunión a nuestro modo, así que le estampé un beso de mil gracias y me puse a preparar un cuestionario para los gemelos mientras ella hacía los sándwichs de queso y jamón dulce.

Lo del cuestionario era solo la excusa. El motivo de aquella cita era la necesidad de introducir algún cambio en mi vida después del fracaso de Toni (y de paso en la de Eva), pero admito que si alguien me había hecho sentir escalofríos alguna vez, habían sido esos chicos. Cualquiera de esos dos chicos en realidad, con su mirada concentrada y su perfil distinto a todos los demás.

Al cabo de dos horas de trabajo había sacado en limpio bastantes más preguntas de las que necesitaba. De hecho, lo que tenía ante mí era una batería de preguntas que abarcaban desde la talla de los pantalones al nombre de su primera novia, pasando por sus grupos musicales preferidos. Pero también alguna sobre ciertos temas que me intrigaban, como saber si se sentían unidos cuando no estaban juntos, y si cuando a uno le dolía algo el otro también notaba el dolor. Como soy la cinéfila del barrio añadí una sobre quién era el director de *Titanic* y si pensaban que Di Caprio, además de guapo, era buen actor.

A las cinco y media había terminado mi trabajo y cinco minutos después Eva llamaba a la puerta.

–Llegas a tiempo para ayudarme a poner la mesa –le dije.

–Mejor te ayudo con el pelo, guapa –me contestó ella–. Menuda cabeza llevas.

Mi amiga tenía razón. Yo soy una chica avanzada, pero aún estoy aprendiendo a ser coqueta, mientras que Eva no está muy avanzada pero tiene un instinto natural para esas cosas. Y desde que se hizo la mecha lila cayéndole por la frente, yo la encuentro arrebatadora. Sospecho que si Toni me asaltó a mí fue porque no se atrevía con ella, y que por ese motivo ahora anda detrás de Sandra.

Su trabajo de peluquería y maquillaje fue excepcional. Llevábamos media hora en el baño cuando se presentaron los gemelos y mi madre sólo había tenido que protestar tres veces porque el ruido no la dejaba dormir.

■

Lo que siguió después pertenece a esa larga lista de acontecimientos que a una persona de catorce años (casi quince) le gustaría borrar de su memoria.

Es verdad que Raúl y Rubén estuvieron más simpáticos que en la cantina, que nos hablaron de su antiguo barrio y de su antiguo instituto (el Pérez Galdós), pero de mi batería de preguntas sólo respondieron a la mitad (por descontado, las preguntas de mi variante cinéfila quedaron excluidas al primer asalto, ¡ni siquiera habían visto *Titanic*!). Y no nos aclararon con quién vivían ahora ni por qué ya no estaban con sus padres, y lo de que estaban con su abuela me sonó a una artimaña para salir del paso. O su abuela era muy rara, o ellos tenían muy poco que contar acerca de ella.

De las demás preguntas, no hubo ni una en la que se extendieran dos líneas. Contestaron con monosílabos y frases hechas, a causa de lo cual el fabuloso reportaje para *Sopa de ganso* comenzó a hacer aguas con la misma facilidad que el transatlántico de la película de James Cameron, que es el director de *Titanic*.

Pero lo más violento fue cuando les pregunté sobre lo unidos que se sentían. Al hacerles esa pregunta, Raúl y Rubén intercambiaron una mirada de incomodidad:

–No sabríamos vivir el uno sin el otro –contestó Raúl bajando la vista (ahora yo ya empezaba a distinguirlos).

–¿Y sentís dolor si os lo hacen a uno de vosotros? –insistí–. Dicen que a los gemelos les ocurren esas cosas.

En ese momento la expresión que apareció en sus rostros fue de una seriedad desalentadora.

–Será mejor que no preguntéis tonterías –dijo Rubén.

–Hay cosas que no se pueden explicar –aseveró Raúl, yéndose por las ramas.

Pero ambos hablaron con una voz tan seria que Eva y yo nos quedamos perplejas. ¡Sólo habíamos hecho una pregunta sin importancia y no teníamos intención de molestarles! ¿Qué les había ocurrido a aquellos chicos?

Para acabar de arreglarlo, en aquel momento mi abuela decidió que el mejor sitio de la casa para pasar la tarde era el comedor, que era donde estábamos nosotros y donde también estaba la tele, y cuando pasamos a mi habitación, mi madre se presentó con su antifaz encima de las cejas preguntando qué tipo de fiesta preparábamos.

–Hola chicoss, soy la madre de este bicho –dijo dándoles la mano a Raúl y a Rubén sin darse cuenta de que los avergonzaba. Luego cogió un bocadillo y empezó a preguntar tonterías como si aquella fuese *su* habitación.

Aquello supuso el fin de la encuesta, y cuando ellos se despidieron, mi madre dijo:

–¡Son una monada! ¿De dónde los habéis sacado?

¡Ay, mamá! ¡Cuánto te quiero pero qué burra eres a veces, chica!

8

–¿Tú crees que volverán a quedar con nosotras? –le pregunté a Eva cuando nos quedamos solas.

–Eso depende del hambre que les haya quedado y de si tienes más pan para bocadillos –bromeó ella.

En efecto: bastaba ver la cantidad de sándwichs que aquellos dos habían ingerido durante la hora escasa que habían permanecido en el piso, para percatarse de que la presencia de dos chicas como nosotras no les quitaba el apetito.

De todos modos, nuestra capacidad de ensoñación no había menguado por ese detalle.

–¿Cuál te gusta más? –me preguntó ella.

–Pero Eva, cómo quieres que lo sepa si todavía no los distingo –repliqué.

Y casi era verdad. A esas alturas de la relación (¡en un solo día habíamos compartido un recreo y una merienda!), ni mi amiga ni yo sabíamos quién era quién. Raúl, Rubén. Rubén y Raúl. Aunque sus nombres salieran durante la conversación, bastaba con que cambiaran de posición para que nosotras dudáramos de nuevo. Y para acabar de fastidiarla, los dos llevaban vaqueros, bambas de deporte y sudaderas de *heavy-metal* negras. Estas últimas eran diferentes por detrás, pero por lo que yo sabía, el que vestía una de ellas por la mañana no era el mismo que la vestía por la tarde, así que debían estar acostumbrados a intercambiarse la ropa y seguramente les gustaba sembrar la confusión haciendo ese juego a todas horas.

A todo ello debía añadirse el tema de los silencios en que caían los gemelos. Los puntos misteriosos tales como su familia, sus padres o su abuela; o sus sentimientos, sobre los que ellos no aportaban dato alguno. La situación era extraordinariamente confusa y yo sopesé la idea de concentrarme en mi artículo sobre la enseñanza moderna y olvidarme de aquellos chicos.

–Me dan miedo –le dije a Eva–. A ratos me parecen dulces y a veces extraordinariamente ariscos. Tengo la sensación de que guardan un secreto y de que no confían en nosotras.

Pero entonces fue Eva la que me sorprendió:

–Si guardan un secreto, tenemos que desvelarlo. Vamos a repasar las preguntas que les has hecho.

Nos pasamos el resto de la tarde ordenando las respuestas y dándoles forma para el artículo de *Sopa de ganso*. Como título provisional le pusimos *Vaya par de gemelos*, que es el título de una película que le gusta a mi abuela (eso no se lo dije a Eva), pero no sacamos mucho en claro, y cuando nos despedimos aún no sabíamos cómo actuar al día siguiente.

9

Y ya estábamos en el día siguiente.

Como Eva se había olvidado de su enfado por lo de Toni, pude quedar con ella en la esquina del bloque para ir juntas al cole y seguir intercambiando impresiones acerca de lo sucedido durante la merienda. Era una medida de precaución: aunque habíamos sido muy valientes saltándonos la cuarentena, nuestra maniobra no le había pasado inadvertida al resto de la clase. Y como también se había corrido lo de nuestra cita para la tarde, era mejor que preparásemos una defensa común delante de los chismosos.

Al principio no fue difícil. Nadie tiene muchas ganas de incordiar a las ocho de la mañana con el frío enganchado a la cara y la calefacción pujando por entibiar el aire, y sólo a medida que el aula se caldeaba y se acercaba la hora del patio las miradas de nuestros amigos se volvían más y más inquisitivas.

¡Hasta María Luisa se mostró inquisitiva! Me pidió el cuaderno de ejercicios, lo inspeccionó de arriba abajo y si me salvé del cero fue porque le prometí que, en dos días máximo, le entregaría los ejercicios retrasados por culpa de la gripe.

En cuanto a Raúl y Rubén, apenas conseguimos hablar con ellos. Nos dijeron hola al entrar, pero luego se metieron en su aula y ya no coincidimos en el siguiente cambio de clase.

Para aumentar mi depresión, aquella mañana tuvimos clase de Ética, y María Jesús nos dio la tabarra acerca del derecho a la intimidad de las personas. Yo empezaba a dudar sobre si era legítimo ser tan curioso, pero Eva venía dispuesta a averiguar lo que fuese.

–Iremos directas al grano –dijo–. Les pediremos su dirección y no tendrán otro remedio que confesarnos qué ocurre.

Por desgracia, aquello era algo más sencillo de decir que de hacer, y cuando llegó la hora del patio resultó que ellos dos no aparecieron por la cantina.

–Están en Jefatura de Estudios –nos soltó Toni a nuestras espaldas–. Deben de ser unos sujetos muy peligrosos para que los hayan llamado en las altas instancias.

Yo le dije que se fuera a la mierda.

–Vete a la mierda, Toni. –Y mientras él me hacía un gesto con el dedo y se iba a buscar a Sandra, yo le propuse a Eva que me esperase en la cantina. Quería aprovechar para pasarme por la sala de la Asociación de Alumnos y explicar mi idea del artículo para *Sopa de ganso*. Como la revista es trimestral, todavía disponía de dos semanas para escribirlo.

–Haré algo mejor que eso –me dijo ella.

–¿Qué harás? –le pregunté yo, preocupada porque el tacto que tiene mi amiga con los asuntos delicados es bastante parecido al de mi madre y sus entradas en mi habitación sin que nadie la invite.

–Ya lo verás –contestó, y se perdió por el corredor de entrada a las oficinas.

Como no me fiaba de ella, la seguí a unos metros de distancia, pero entonces ocurrió algo que me distrajo.

En el vestíbulo había un hombre que discutía a gritos con el Jefe de Estudios, mientras otros profes se ponían a los lados de éste, defendiéndolo pero sin intervenir.

–¡He venido a llevármelos! –le decía.

Y Miguel contestaba:

–Usted tiene prohibido por el juez hablar con ellos. Váyase de aquí o llamaré a la policía.

Así estuvieron unos minutos, hasta que el hombre se encogió de hombros y le dijo a Miguel:

–Si no es hoy, será otro día. Ya está advertido.

–No habrá otro día –le dijo Miguel.

A mí aquel hombre me hizo sentir miedo. Auténtico miedo. Y cuando pasó a mi lado buscando la salida, me dirigió una mirada huidiza y amenazadora a la vez, como si buscase alguien en quien volcar su odio. Por fin desapareció por la puerta y yo me fui a la Asociación de Alumnos antes de que Miguel se enfadara conmigo.

■

Mi idea de hacer un reportaje sobre gemelos no levantó grandes entusiasmos entre los redactores de *Sopa de ganso*. Hubo opiniones a favor y en contra, pero la oferta de mi estudio sobre el nuevo lenguaje escolar aún obtuvo menos votos, así que en quince minutos quedó claro que el trabajo de investigación sobre el mundo de los gemelos encajaba en la línea de la revista y que, además, y por una vez, ese artículo no me lo censurarían.

–Procura no satirizar a ningún profe –me advirtió David, que es nuestro alumno más antiguo (ha repetido tres cursos y cada vez escribe peor) y quien negocia con el responsable de extraescolares el contenido de cada número de la revista.

Le aseguré que lo haría (¡que te zurzan, pelota!) y regresé a la cantina, pero Eva aún no había aparecido por allí y los gemelos seguían reunidos en Jefatura de Estudios. Me senté en el único trozo de mesa que quedaba libre y me dediqué a copiar problemas de Física y a esquivar las miradas de sorna que me lanzaba Toni.

Miradas que, al parecer, tenían mucha gracia, porque Sandra no paraba de reírse, y eso que la cocacola que le había lanzado a la cabeza a su nuevo amigo era de su fiesta.

–Cuidado con tu espalda, Sandra –le dije cuando sonó el timbre–. Ese chico es un pulpo.

–Ya me ha contado lo de tus granos, Mariona. No hace falta que sigas por ese camino –contraatacó ella. Pero su puya no impidió que Toni se sonrojara como un tomate, y como era eso lo que pretendía me quedé la mar de satisfecha.

Les giré la cara a ambos y al llegar a clase (¡Historia! ¡Dios mío, cómo odio la Historia!) Eva me sorprendió con una baza inesperada.

–La dirección –dijo pasándome un papelito con una sonrisa de orgullo por su hazaña.

–¿Qué dirección? –le pregunté yo.

–¡La de nuestros amigos! –me gritó ella–. Chica, es que hay días que pareces tonta.

La muy loca se había colado en secretaría aprovechando que la administrativa estaba liada con las prematriculaciones y había revisado los archivos de tercero de ESO hasta dar con el expediente de los gemelos. Había contado con el tiempo justo para copiar la dirección y después se había escabullido hacia la biblioteca para no volver a pasar por la entrada. Mi amiga ni siquiera se había dado cuenta del altercado con el hombre del vestíbulo.

Le conté lo ocurrido con aquel loco y luego observé los datos que me tendía. Indicaba una calle que no era de nuestro barrio.

–Esto queda bastante lejos de aquí –le señalé.

–Ya lo he visto. Además, el papel no dice nada de su abuela –añadió ella.

–¿Cómo que no dice nada? –pregunté extrañada.

–Es una dirección municipal –explicó Eva–. Supongo que su familia no posee vivienda propia.

A mí aquello cada vez me resultaba más extraño. Me sentí culpable. Como si nos acercáramos a un punto en el que lo mejor era abandonar la investigación.

–He hablado con los de la revista. Tenemos suficiente material para el artículo. Yo lo dejaría tal como está.

Pero de nuevo fue Eva la que se lanzó:

–No Mary, ni hablar. Mañana por la tarde tú y yo nos presentamos en su casa y a ver qué ocurre.

–Estás loca –le dije–. No podemos presentarnos sin que nos inviten.

–Inventaremos una excusa por el camino. Tú déjamelo a mí y no te preocupes. No es ningún delito ir a visitar a unos amigos.

–¿Y no sería mejor ir el sábado? –dije yo.

–El sábado me voy al terreno con mis padres. Si queremos salir de dudas debemos hacerlo ahora.

10

Y eso es lo que hubiésemos hecho de no mediar un incidente que retrasó nuestra investigación unos días más.

Bueno, la verdad es que no sé si llamarlo incidente.

Por la tarde, Eva me esperó para regresar juntas a casa. Yo me retrasé por culpa de los ejercicios de Física (no me resultó fácil encontrar un compañero que los tuviera todos, y desde luego los de Eva no me servían: ella es todavía peor estudiante que yo). Cuando por fin conseguí los últimos, resulta que la fotocopiadora estaba ocupada por la profesora de Castellano, y cuando ésta acabó sus fotocopias y el conserje iba a hacer las mías le llamaron de administración y tardó más de veinte minutos en regresar.

A eso hay que sumar que el conserje del Hermanos Marx es el conserje más lento de España, con lo que cuando salimos a la calle ya se había hecho de noche y hacía una hora que habían terminado las clases.

–Mi abuela me va a matar. Le había prometido que bajaría a comprar verdura para la cena –le dije a Eva.

–Pues date prisa y yo te ayudo a explicarle lo que ha pasado –dijo ella.

Echamos a andar.

Delante del instituto hay un descampado que es donde aparcan los profes, y fue allí donde Raúl y Rubén nos abordaron. Al principio me asusté porque los gemelos salieron de detrás de una furgoneta sin decir nada, y ninguna de las dos nos esperábamos aquel encuentro. Se limitaron a quedarse frente a nosotras, esperando.

–¿Estáis tarados o qué? Menudo susto nos habéis dado –les soltó Eva cuando les vimos las caras.

–Es que no queríamos que nos viera nadie –dijeron.

–¿Quién puede veros? –les pregunté yo extrañada.

Ellos no contestaron.

Todo aquello era muy raro, pero aun así me alegré de verlos. Y ahora todavía me alegro más porque así fue como me enteré de que el chico que me gustaba se llamaba Rubén.

–Queríamos saber una cosa. ¿Os apetece salir mañana a dar una vuelta con nosotros? –preguntaron al cabo de unos segundos.

–¿Con vosotros y con quién más? –contraatacó a su vez mi amiga, que no se corta para nada con estas cosas.

–Sólo con nosotros –dijeron ellos.

Nosotras nos miramos un poco nerviosas porque aquella propuesta rompía nuestros planes y a la vez nos tentaba la posibilidad de pasar la tarde del viernes con aquellos chicos. Seguimos caminando hacia mi casa mientras pensábamos qué decirles, pero ahora era Eva la que no parecía muy segura.

Como nadie daba ninguna idea y soy cinéfila, fui yo la que habló primero:

–Podemos ir al centro comercial a ver una película –dije.

–Por mí de acuerdo –dijo Rubén–, aunque a mi hermano no le gusta mucho el cine.

Y yo para asegurarme le pregunté:

–¿Tú eres Raúl o Rubén?

–¿Quién crees tú que soy? –contestó él riéndose.

Su risa sonó en mis oídos de una manera que por primera vez me pareció relajada y tierna. Fue por aquella risa por lo que pensé que a partir de ese momento ya no volvería a confundirme acerca de la identidad de aquellos chicos, y cuando miré a Eva me di cuenta de que ella observaba a Raúl con una curiosidad que no auguraba ninguna discusión como la que nos había enfrentado por culpa de Toni.

Nos despedimos en la esquina de mi casa.

–¿Cuál para ti y cuál para mí? –le dije a Eva recordando la broma del día anterior.

–Rubén es para ti –dijo Eva riéndose–. Pero ni se te ocurra acercarte a Raúl.

No sabíamos que aquel sería nuestro segundo y penúltimo encuentro con los gemelos.

11

De aquel segundo encuentro no voy a contar más que lo esencial. Y aun eso es mucho. Aquella tarde no fuimos al cine, pero no me importó demasiado, y eso dicho por mí, que soy cinéfila, tiene un significado muy importante.

Al otro lado del puente, justo detrás del instituto, está el parque nuevo. Se trata de un espacio con césped y árboles en el que hace diez años se levantaba una de las grandes fábricas que había por aquí, y por el que cada noche pasean los prejubilados con sus perros. Allí fue donde nos reunimos con ellos. Teníamos que tomar el autobús para ir al centro, pero, no sé por qué, a los cuatro nos pareció mejor comprar unas latas de coca-cola y unas bolsas de patatas e improvisar una merienda en uno de los bancos. Como sólo eran las cinco, aún quedaba una hora de esa luz rojiza de febrero que trata de consolidarse sobre la neblina del río hasta que poco a poco muere.

Eva había traído su walkman y nos lo fuimos pasando para escuchar un poco de música.

Es curioso. El paso del tiempo es una magnitud física que puede interpretarse de muchos modos diferentes. Incluso es posible que el tiempo actúe de manera distinta según quién sea la persona con la que lo compartes. Aquella tarde, las tres horas en el parque transcurrieron muy deprisa y muy despacio a la vez.

Aquellas horas transcurrieron muy despacio porque al principio no sabíamos de qué hablar y porque luego nos parecía mentira la cantidad de cosas que pudimos decirnos a pesar de lo poco que hablamos. Pero también transcurrieron muy deprisa porque en seguida se hizo de noche, la luz de una farola era lo único que nos alumbraba y a lo lejos, en la zona donde hay más césped, empezaron a juntarse perros que jalaban de la cadena de sus amos ansiosos por jugar.

–¿Has visto quién pasa por allí? –me advirtió Eva de repente, llamándome la atención en voz baja.

Yo miré hacia el sendero que rodeaba el parque y vi a Toni y a Sandra que iban de la mano, y por primera vez desde hacía diez días no pensé que aquellos dos fuesen ningunos imbéciles.

–¡Tenía que pasar! –le dije.

Y las dos nos echamos a reír ante la mirada sorprendida de nuestros amigos.

Yo creo que aquello nos acabó de animar a todos. Como si fuera preciso un poco de complicidad para relajarnos en aquellas sombras que nos acogían y, a medida que caía la noche, nos intimidaban. Rubén me preguntó muchas cosas. Al principio Raúl y

Rubén nos preguntaron muchas cosas a las dos. Supongo que a los cuatro nos daba vergüenza dejar de conversar en grupo para centrarnos en una única persona, pero luego, poco a poco, yo noté que él me miraba más a mí y yo hice lo mismo.

«¿Cómo no has podido darte cuenta de lo diferentes que son, Mariona?», me dije.

Raúl y Rubén eran dos personas distintas porque todas las personas son distintas. Pero eso no excluía la profunda relación que había entre ambos. Los lazos que nos unen a unos con otros no son sólo los de la sangre y los de la amistad, también son los lazos del sufrimiento. De manera que aquella tarde comprendí que aquellos dos chicos estaban enlazados por una red de hilos secretos, pero que bajo aquella red había dos personalidades diferentes que luchaban por expresarse.

No pretendo ponerme pesada, pero yo creo que ése fue el momento en el que me enamoré.

–¿Cuánto tiempo estaréis en el colegio? –le pregunté a Rubén.

–Es mejor que no hablemos de eso –contestó él–. Puede ser mucho tiempo o puede no ser nada. No depende de nosotros.

Por el tono que empleó mi amigo, comprendí que no quería pensar en eso, y cuando pasó lo que pasó yo todo lo encontré tibio y cercano. El escalofrío que me recorrió la espalda no era una duda.

Miré al otro lado del banco y vi que Eva me guiñaba un ojo y luego ella y Raúl se dieron la vuelta para no molestar o para que no les molestásemos.

–Lo mío sólo son granos –le dije. Pero, al contrario de lo ocurrido con Toni, no me dio vergüenza confesarlo.

Rubén se limitó a pasarme la mano por la mejilla y a decirme:

–Lo mío no.

12

Al día siguiente, Eva se fue al terreno y yo me quedé encerrada en casa acabando de poner al día mi libreta de Física. Y el domingo Eva no volvió hasta muy tarde y yo tampoco salí de casa porque me enfrasqué en la redacción de mi artículo para *Sopa de ganso.*

Rubén no me telefoneó, pero eso yo ya lo esperaba. Es verdad que sentía la necesidad de tenerlo cerca, pero cada persona es como es, no hay nada malo en la vergüenza, y a mí también me hubiese representado un esfuerzo muy grande expresarle todo lo que sentía a través de un aparato.

Además, aquella historia atañía a cuatro personas a la vez. Para mí, la compañía de Eva se había vuelto extraordinariamente importante y nuestra amistad se había reforzado con lo del parque. Supongo que hay terrenos en los que la amistad y el amor se mezclan, y yo a Eva la quería más que unos pocos días atrás.

La única llamada que tuve fue de Sandra, y a mí al principio me dieron ganas de ser cruel, pero luego me controlé.

–No me cuentes nada –le dije–. Yo creo que Toni es un poco bruto pero es buen chaval.

–¿No me guardas rencor? –me preguntó ella.

–En todo caso, aconséjale que se muerda la lengua un poco –le advertí.

Fue delicado, pero las dos nos quedamos mejor después de hablar con tanta sinceridad.

■

Yo estaba feliz, supongo que se nota. Y hubiese seguido estando feliz si no fuera porque el lunes, al llegar al Hermanos Marx, de nuevo sucedió algo que echó mis planes a pique.

Aquel día Raúl y Rubén no aparecieron por clase, y Eva y yo estuvimos toda la mañana pensando qué podía haberles ocurrido. Antes de entrar, me di cuenta de que había un hombre oculto detrás de un poste de la luz, a unos metros de la puerta, y aquello me dio mala espina. Era el mismo hombre que había discutido con Miguel, pero esta vez no se atrevía a cruzar la puerta y se limitaba a vigilar los grupos de alumnos que iban llegando a clase. Parecía irritado por que las personas que esperaba no aparecían.

Una vez dentro, fuimos directamente al aula de tercero, pero ni Rubén ni Raúl habían llegado. Preguntamos a algunos compañeros suyos, pero nadie sabía nada, y luego buscamos a Olaf, el profesor de Educación Física, que es muy bruto pero muy noble. Él tampoco conocía las razones de la ausencia de los gemelos, aunque en su tono de voz había algo que nos preocupó.

–Al fin y al cabo, estaban de paso –dijo.

Y yo recordé la expresión que lancé la primera mañana que los había visto. *Aves de paso.*

Tampoco al día siguiente aparecieron los gemelos y no nos telefonearon, ni a Eva ni a mí.

La tarde del martes mi amiga y yo llamamos a la dirección que figuraba en su expediente. Cogió el teléfono un chico joven que nos explicó que no estaban, pero nos aseguró que les daría el recado en cuanto llegasen.

Aquel chico no era su abuela.

–¿Eres su hermano? –le preguntó Eva.

–Raúl y Rubén no tienen hermanos –dijo el chico.

Tampoco aquel día nos telefonearon.

13

Y ahora ya viene el final de esta historia sobre los gemelos que se parecían a Keanu Reeves.

El miércoles, después de comer, Eva y yo cogimos el autobús y nos dirigimos a su casa.

–¿Tú crees que hacemos bien? –le pregunté a mi amiga–. Tal vez no quieran vernos.

–Pues que nos lo digan a la cara si es que se atreven –contestó ella.

La casa donde vivían los gemelos era un edificio viejo del otro extremo de la ciudad, y en la placa del buzón constaba que el piso pertenecía a un centro de acogida. Todo el mundo sabe lo que es un centro de acogida, supongo, y no nos sorprendió descubrirlo.

A esas alturas, las dos sospechábamos algo y lo único que hicimos fue encogernos de hombros y enfilar la escalera. Es verdad que nuestros padres (los padres de Eva y mi madre) pensarían que ya habíamos ido demasiado lejos, pero no creo que nadie fuese capaz de hacernos cambiar de idea: habíamos venido a hablar con aquellos chicos e íbamos a hacerlo como fuera.

Subimos sin avisar.

–Venimos a buscar a unos amigos –dijimos al chico

que nos abrió la puerta. Tenía más de veinte años y supongo que era el mismo que nos había hablado por teléfono.

Esta vez nuestros amigos sí que estaban en casa. Y por la expresión que iluminó sus caras al vernos en la puerta, tanto Eva como yo comprendimos que agradecían los pasos que habíamos seguido hasta dar con ellos.

–Nos vamos a dar una vuelta, Sergio –dijeron nuestros amigos. Y el asistente social, que es lo que era ese chico, se mostró de acuerdo.

Les pidió que volvieran antes de las nueve y a nosotras nos dio la mano al despedirse.

–Rubén y Raúl me han hablado de vosotras –nos dijo.

■

Mirad, lo que viene a continuación es triste, pero no he redactado veinte páginas de esta historia para echarme atrás en el último momento, así que allá va.

Rubén y Raúl se marcharon a otra ciudad dos días después de hablar con nosotras. Un juez les había buscado una casa en la que ciertas personas no pudieran volver a encontrarlos nunca: todo eso tenía que ver con sus marcas en la espalda y con la visita de aquel hombre de expresión huidiza que rondaba por el Hermanos Marx y que amenazaba con volver a buscar a alguien.

–El hombre que merodeaba por el instituto es vuestro padre, ¿verdad? –le pregunté a Rubén.

Él asintió con la cabeza.

–Y las marcas de la espalda te las hizo él –dije.

–Nos las hizo. Pero no te preocupes. No nos volverá a tocar nunca.

Llamó a Raúl que iba con Eva delante de nosotros y los cuatro hablamos de planes que algún día sería posible realizar. Ya no volví a preguntarle nada más sobre sus marcas.

Caminamos mucho rato y, durante nuestro paseo, todos tuvimos ganas de llorar... aunque nadie lo hizo hasta que nos separamos. De nuevo fue para nosotras una tarde muy larga y extraordinariamente corta.

Fue larga porque yo no llegué a casa hasta más tarde de las diez, y mi madre estaba tan angustiada que no hacía más que dar gritos con el antifaz colgándole del cuello. Pero ella tiene un corazón de oro. En seguida me perdonó y poco a poco le he ido contando lo ocurrido.

Y fue una tarde corta porque los cuatro sabíamos que transcurriría mucho tiempo antes de que lográsemos reunirnos de nuevo. Cuando nuestros amigos nos dejaron en la parada del autobús, Eva y yo buscamos un asiento bien atrás e hicimos todo el camino abrazadas.

Eso es lo que hace que esta historia sea agridulce.

A la semana siguiente, yo acabé mi artículo para la revista. Lo titulé *Aves de paso* y no fue una encuesta de gemelos, sino un artículo sobre dos jóvenes y lo difícil que a veces es la vida. Más bien, sobre lo terrible que puede ser la vida y la necesidad de que ciertas cosas no ocurran nunca.

Esta vez lo publicaron íntegro, sin censurarme ni una coma, y yo le hice llegar una copia a Rubén a través de Sergio, el muchacho de la casa de acogida. También a través de él, Eva y yo hemos sabido que nuestros amigos se encuentran bien y que este verano podremos verlos.

Mientras esperamos que eso ocurra, ambas hemos

colgado un póster en nuestra habitación. Los dos pósters son del mismo actor, pero tanto ella como yo sabemos que representa a una persona distinta. A la única persona distinta que nos ha hecho sentir el mismo escalofrío. Ella el suyo, y yo el mío.

enlared.com
Ángela Vallvey

Si hemos de ser sinceros, Manuela había esperado que todos aquellos cretinos granujientos, que se agolpaban a su alrededor en los pupitres del aula número 3A del instituto, la miraran como si se tratase de una nueva chica.

Lo había creído de verdad. O había querido creerlo.

Otra persona distinta, brillante, guapa, delgada, alta... muchísimo mejor de lo que era en realidad, aunque nadie tenía por qué saber cómo era ella en realidad, o por lo menos no tenían por qué saber que su naturaleza no era tan espléndida de forma espontánea. No mientras no se viera espoleada, bruñida y pulimentada gracias al amor.

Eso es lo que el amor había hecho con ella.

La había convertido en una Manuela diferente.

En una chica bruscamente transformada por la pasión, tan arrebolada de gozo masoquista y de melancolía soñadora como una quejumbrosa canción de amor argentina.

Una amante loca, eso era ella *ahora...* Una mujer de cine. Una heroína más volcánica y encendida que el *Mauna Loa.* Una joven carbonizada hasta los huesos por el fuego del ardor amoroso. Oliendo a la embriagadora chamusquina del romance enardecido, del amor más devastador y, por supuesto, más *fou.* Una hermosa majadera adolescente de estampa muy semejante a la de Julieta sorprendida en el acto de observar con incredulidad a un Romeo inconsciente sobre la lápida del cementerio al que su magnífico, aunque atolondrado idilio, los había conducido sin remedio...

El semblante de Manuela como la faz de Julieta: un rostro de aterrorizado desengaño e inhóspita belleza, una cara de «Romeo, maldito imbécil, ahora ya no podremos ir a ningún sitio juntos porque tú la has cagado».

Manuela carraspeó, se movió nerviosa en su pupitre, alejó ese pensamiento de su cabeza con un golpe de flequillo y se concentró en la reconfortante idea de imaginarse a sí misma de forma muy parecida a Julieta en el balcón, no a Julieta en el cementerio.

Bueno... Mucho mejor así, claro. Sí, desde luego... Los balcones son sitios absolutamente más encantadores, y sobre todo más aireados, que las criptas de los cementerios.

Manuela exhaló un suspiro satisfecho y estiró los pies por debajo de su mesa sintiendo un delicioso hormigueo en la rodilla derecha.

¡Qué espléndidamente le sentaba a una el amor! Parecía un confortable traje a medida de calidad extra, o suprema. Mejoraba la figura, dignificaba el porte, aumentaba el orgullo y la autoestima de quien lo lucía o era su poseedor, dotaba de garbo al andar, creaba la sensación de que cada día era un día de fiesta...

Ah, efectivamente, el amor era un traje de alta costura confeccionado a medida.

¡Oh!, pero... ¿era posible que sus compañeros de clase no notasen *ese* cambio sustancial en ella? ¿No apreciaban los restos luminosos de abrasadora energía interior sumergidos en sus ojos? ¿La amable y plácida sonrisa de muchacha con el estómago lleno y el corazón también lleno, o mejor: ahíto? ¿Ni siquiera se daban cuenta de que se había puesto su jersey de cachemir azul de los domingos?

Pues no; estaba claro que no. Que no se daban cuenta de nada.

Aunque por otra parte, *¿cuándo* apreciaban ellos *algo* nuevo en nadie que no fuese *ellos mismos*?

Pensándolo un poco más detenidamente, no le no le extrañó demasiado que no se fijaran en la transformación que se había operado en su aspecto, sobre todo si se tenía en cuenta que sus condiscípulos no eran más que una horda de sinceros mentecatos insensibles al mundo exterior, embrutecidos por el exceso de matemáticas, coca-cola, televisión y hormonas, a los que solamente parecían preocupar seriamente el exceso incontrolado de sebo sobre sus cutis –en los que, dicho sea de paso, todo parecía resbalar como por el fondo de una sartén nueva excepto, ¡por supuesto!, el acné–, o la suspensión definitiva de las pagas semanales que sus respectivos progenitores les daban cada viernes bajo presión, amenazas, lloriqueos o vaya usted a saber qué medios oscuros e impropios.

De modo que... no, no ocurrió nada que no pasara allí todos los días. Nadie miró a Manuela de forma especial. Nadie notó nada diferente en ella, a pesar de que la chica estaba convencida de que despedía un aura del color y la eficacia de su rotulador naranja fluorescente para subrayar apuntes. A pesar de que se sentía tan llamativa y chillona y, sí, cargada de luces, como el neón gigante de la puerta principal de El Corte Inglés durante la última Navidad.

Por ejemplo, el *Gángster* seguía contemplando la vida con la misma feroz indiferencia que el viernes, la última vez que lo había visto, hacía poco más de cuarenta y ocho horas.

Estaba allí arriba, encaramado a su pasmosa estatura de un metro noventa y cinco centímetros, y miraba a la gente desde lo alto con apatía burlona. Con los ojos nublados de soñolencia adolescente, y los hombros caídos, igual que si su cuerpo hubiese comenzado a escurrírsele hacia abajo. Exactamente como si esperara derretirse hasta chorrear de barrillos, sebo y granitos purulentos el embaldosado opaco y deslucido –de un gres color marrón-seborrea, o quizá oleína churretosa– con que habían ensolado todo el edificio tal vez en la convicción de que los chavales se desintegrarían irremediablemente un día u otro, a través de sus espinillas, y entonces más valdría que las manchas que dejaran en el suelo no se notasen demasiado.

Martín Genovés, alias *el Gángster*, tenía dieciséis años, aunque pareciera que contaba sólo con diez pero que alguien (tal vez sus padres, o algunos parientes bienintencionados) habían pasado al menos cinco de esos años tirando de él como si fuera un chicle –el uno agarrándolo de los pies, el otro de la cabeza– hasta conseguir que el chico creciera casi un metro más de lo que le correspondía para su edad.

El Gángster era como un fenómeno del parvulario, sí. O quizá algo propio de los dibujos animados, o de la serie televisiva basada en fenómenos paranormales *Expediente X*. En cualquier caso, nada demasiado humano, pensó Manuela. Nada de este mundo.

Cara de niño pequeño, dos interminables fémures dignos del Museo de los Horrores Paleontológicos y tantos granos como estrellas hay en el cielo. Ése era uno de sus insignes compañeros de clase; ése era Martín Genovés Martínez, llamado *el Gángster* porque todos los que lo conocían creían verle cierta semejanza vaga, aunque estremecedora, con uno de esos asesinos adolescentes típicos de la América profunda que un buen día acuden a clase armados de una metralleta cargada, una sonrisa torcida y la tozuda determinación de convertir a sus amigos del instituto en protagonistas absolutos de una matanza en directo, vía televisión por cable.

Tenía pinta de acomplejado a punto de estallar. Martín tenía cara de estar planeando vengarse de quienquiera que fuese a tiro limpio.

Por supuesto que tenía *esa clase* de cara, se dijo Manuela.

Aunque a favor suyo había que reconocer que... ¿quién no estaba un poco acomplejado a su edad? Con dieciséis años ni siquiera Leonardo di Caprio las debía tener todas consigo, ¿no es cierto? Ni siquiera las Spice Girls vivieron en un paraíso de seguridades a los dieciséis años *(tell me what d'you want, what d'you really, really want...)*.

O el mismo Buda, e incluso Jesucristo con dieciséis años...

No, la vida no era fácil en la pubertad. Ella podía dar fe de eso.

Manuela tembló mientras observaba con detenimiento el larguirucho y delgado cuello de Martín, por cuya piel las espinillas se habían distribuido viciosamente, de la manera casi avariciosa en que están dispuestos los cañones de las plumas de un pollo escaldado y posteriormente desplumado. El chico estaba sentado en el pupitre inmediatamente anterior al de Manuela, y parecía seguir con una atención ensimismada las explicaciones de la profesora de Historia.

De repente, Martín se volvió hacia la chica y le guiñó un ojo, con la cara de maníaco de todos los días.

Nada había cambiado, se dijo Manuela con un estremecimiento apenas perceptible.

■

Está bien, ¿no se suponía que el amor transformaba a la gente, la dotaba de un cerco radiante, embellecía los rostros, alisaba la piel e incluso mitigaba el antiestético efecto de los puntos negros y los pequeños cráteres nauseabundos que dejaban las odiosas espinillas sobre el cutis de los amantes? ¿No fueron Romeo y Julieta, al fin y al cabo, dos amantes adolescentes? Por cierto, ¿decía algo Shakespeare sobre el acné de los dos jóvenes enamorados? Manuela no recordaba nada al respecto, y le pareció improbable que dos chicos de su edad carecieran de la mácula del acné juvenil, por lo que se temió que hubiera cierta diferencia significativa entre la vida y la ficción, entre la literatura y la vida, entre los sueños y el mundo real.

Aunque, a lo mejor, Romeo y Julieta quizá no eran como Martín *el Gángster* y ella –dos elementos llenos a rebosar de frustraciones, movimientos torpes, confusión, tortura interior y un exterior torturado– sino como Lena Peñalba y Kevin Rincón, que también estaban en su clase y parecían dos dioses pubescentes recién extraídos de las manos del maquillador personal de Madonna. Tal vez entonces, Shakespeare no mintió como un bellaco, después de todo. Porque la verdad es que *sí que parecía existir gente así,* como Lena y Kevin, como Romeo y Julieta. La verdad es que Manuela juraría que eran seres de verdad, de carne viva (¡y menuda carne!). Bellos hasta hacer saltar lágrimas de envidia. Sanos como manzanas recién lavadas. De piel suave, transparente y dorada. De sonrisa beatífica. De dulzura sin límites.

En resumidas cuentas: un asco de gente.

Dirigió la mirada hacia Lena, su mejor amiga, su amiga del alma sentada modosamente a su lado. Lena, *La Belleza Arrebatadora,* la *Miss* indiscutible de la clase. Los profesores la adoraban, los chicos se la disputaban a tortazos, las ancianitas la bendecían por la calle...

La observó a hurtadillas amparada en su flequillo.

Manuela daba gracias al cielo por la existencia de los flequillos como otros agradecen el agua y el aire que respiran. ¿Qué haría una tímida adolescente si no fuera por ellos? ¿Detrás de qué, o de quién, se escondería? ¿De un matorral de camuflaje parecido al que usan los soldados en las películas de acción? ¿Se vería obligada a ponerse una máscara, en plan Hannibal Lecter? No, no... en absoluto, porque ahí estaban los flequillos. Prácticos, manejables. Creciendo sin cesar. Tapando las frentes demasiado anchas, tapando las orejas entusiásticamente abiertas de par en par. Tapando la nariz de una chica vergonzosa y cobarde. Tapándole la barbilla, el pescuezo y los pectorales si llegaba el caso.

Gracias, querido flequillo.

Se acercó hacia su amiga, que hacía círculos pequeños y delicados con el bolígrafo encima del pupitre, en vez de tomar apuntes sobre la libreta.

–Lena... –susurró Manuela.

–¿Ajá? –respondió lacónicamente la otra chica.

–Estoy enamorada.

Los ojos de Lena se abrieron como la puerta de un frigorífico que enciende dentro automáticamente una lucecita.

–¿De verdad? –preguntó la *Miss* del 3A–. ¿Y quién es la víctima? ¿Alguno de estos bárbaros? –señaló con la mano que sostenía el bolígrafo a su alrededor, y se agachó tras la espalda de Kevin, que la precedía cómodamente arrellanado en su pupitre, al lado de Martín–. Porque, en ese caso, la víctima serás tú, evidentemente.

Manuela echó un fugaz vistazo a su alrededor. Sus comparsas de curso, además de Kevin *el Guapo* y Martín *el Gángster*, eran Luis *el Sapo Gordo*, Camilo *el Mugriento*, Santos *el Loro*, Jorgito *el Acrílico*, Muhamad *el Negro*, Carlos Jesús *Miraquepintas*, Soto *el de la Moto*, Daniel *Mocos y todo a Cién*, Juan José *Mangasverdes*, Jerónimo *el Éxtasis*, Pepe *Nintendo* y la *Pandilla de los Impresentables*, esta última un grupo de seis chicos indiferenciados, que invariablemente iban juntos a todas partes y formaban lo que parecía ser un solo ente compuesto de seis cuerpos semiindividuales que gruñían al unísono cuando los profesores sacaban a alguno de ellos a la pizarra, gruñían cuando alguien les daba los buenos días, gruñían cuando uno de ellos se acercaba raramente a una chica –que, por lo general, salía corriendo tratando de alejarse lo antes posible de su lado y gritando como una posesa–, gruñían si les ponían deberes, y cuando no los tenían que hacer, y gruñían en general porque eso parecía ser lo que siempre sentían en el fondo de sus almas.

El resto de la clase eran chicas, como Lena y Manuela.

–No, no es ninguno de éstos –dijo Manuela tras una pausa.

–Me alegro por ti, cariño. –Lena se sacudió el pelo, que brilló como un arco iris que contuviera toda la gama de los distintos tonos dorados, irreales, auríferos y cegadores del universo–. ¿Lo conozco yo?

–No, bueno... El caso es que... –Manuela sujetó un mechón de sus cabellos castaños, vulgares, marroncillos, apagados, quebradizos... –La verdad es que... yo tampoco lo conozco, y sin embargo creo que lo conozco como de toda la vida.

Lena la miró sin comprender.

–¿Y eso?

–¿Te parece raro?

–Ésa no es la palabra. Me parece... –Lena pensó un poco– que estás como una cabra. Nadie puede conocer a alguien que no conoce. O eso me parece a mí –Sacó un chicle de fresa ácida de su lapicerero y se puso a mascarlo con fruición–. En mi modesta opinión, vamos.

–Lo he conocido por internet. Así que lo he conocido, pero en realidad no lo conozco.

Esta vez Lena dejó el bolígrafo con un ademán majestuoso, y puso la mano encima de los dedos de su amiga.

–Tía, Manuela... Siempre he dicho que eres una moderna. A pesar de tu flequillo y de la capa de poliéster negra que te empeñas en llevar durante todo el invierno –suspiró y masticó a la vez–. Cuéntame, anda.

Mientras la profesora ofrecía su clase con voz temblorosa, por el aula podían oírse delicados ronquidos vespertinos y suaves rumores de conversación salpicados de carcajadas más o menos contenidas que la buena mujer no percibía. O que tal vez ignoraba olímpicamente porque había descubierto que hacer oídos sordos ante el despiste, la insensatez y la falta de educación y, o, concentración de sus alumnos, no agravaba su agotamiento nervioso –que a punto había estado, tiempos atrás, de postrarla en un manicomio–, y le permitía estar en buenas relaciones con su conciencia pues, la verdad, nadie podría acusarla jamás de no cumplir con su deber: ella daba su clase, ¿o no? Aunque se limitara a soltar su discurso, serena y pacientemente, y pensase que era un problema de aquellos bestiajos el que no se enteraran nunca de nada. Ella sospechaba que les bastaría con prestar un poco de atención. Al fin y al cabo, la historia de los seres humanos era lo suficientemente emocionante como para atraer el interés de cualquiera. ¿O no estaba lo bastante llena de invasiones, guerras, lances eróticos entre los distintos miembros de la realeza, disturbios y asesinatos? Por el amor de Dios, ¿es que acaso su asignatura tenía algo que envidiarles a los programas que ofrecía diariamente la televisión? ¡Pues entonces!

Los silbantes sonidos provenientes de la charla de Lena y Manuela se unieron al resto de los murmullos que flotaban como humo sonoro entre las paredes del aula, ante la calmada indiferencia de la profesora, que en ese momento estaba diciendo no se sabía bien qué dato, o sospecha o murmuración sobre la Rusia blanca y sus hermanos de la Gran Serbia, allá por el siglo dieciocho, o quizá diecinueve, aunque también podría haber sido el veinte.

–¿Y cómo fue la cosa? –quiso saber Lena, intrigada.

–Entré en un *chat* el viernes por la noche. ¿Tú has entrado alguna vez en uno?

–No... –dijo Lena, ceñuda–. Pero ya sabes tú que mi padre no me deja ir a según qué sitios.

–¡Quiero decir en internet! Que si has *chateado*, que si has conectado con uno de los *sitios* de la red para escribirte en tiempo real con amigos de todo el mundo...

–¿Un *Party-Line*, dices? –Lena estaba algo retrasada en informática aunque, para el asombro de Manuela, era la primera de la clase en deportes e inglés. A Manuela le parecía increíble que su amiga fuese capaz de sacar sobresaliente en un área de conocimiento que no se denominara *Lo Último en Moda y Maquillaje*.

–Hummm. No, no... –Manuela movió la cabeza con frenesí–. ¿No te acuerdas de que lo hicimos aquí también, el mes pasado? ¿No te acuerdas de que usamos los ordenadores de la clase de Prácticas para entrar en *enlared punto com*?

–Ah, bueno. Eso. –Lena recordó vagamente que el profesor les había mostrado el ordenador pletórico de colores, una manecita que se movía graciosamente en la pantalla y un montón de letras y de números que cambiaban con rapidez por todos lados. Lo intentó durante un buen rato, pero no consiguió verle la gracia al asunto y pronto dejó de prestar atención. Los deberes de informática se los hacía Kevin habitualmente y con mucho gusto.

–Sí, eso. Pues yo me he pasado el fin de semana enganchada en ese *chat.* Y he conocido allí al amor de mi vida.

–De tu vida de ahora, quieres decir –apuntó la siempre práctica Lena.

–De mi vida, Lena. De toda mi vida. Lo sé porque sueño con él, pienso en él, me lo imagino, casi lo veo. Casi puedo tocarlo. Es dulce, y guapísimo. No le huelen los pies, ni se hurga la nariz delante de las chicas. Es maduro. Tiene dieciocho años. Es un caballero. Es moreno con ojos verdes. Es encantador. Es millonario. Practica el parapente. Es un aventurero. Es ingeniero de minas...

–No puede ser ingeniero si sólo tiene dieciocho años. No puede haberle dado tiempo a acabar la carrera –arguyó Lena.

–¡Me lo ha dicho él!

–¿Cómo sabes que no está mintiendo? La gente miente sobre sí misma cuando está en un lugar donde nadie la conoce.

–¿Y quién te asegura a tí que no es un superdotado que ingresó en la universidad con trece años? Hay casos así a porrillo.

–Yo no conozco personalmente a ninguno. Pero, sí...

Manuela le lanzó una mirada feroz a su amiga.

–Te aseguro que todo eso es cierto.

–De acuerdo. ¿Te ha mandado una foto suya?

Manuela sonrió complacida por la pregunta, dispuesta a enseñar el as que su manga había estado ocultando hasta entonces.

–Ya lo creo –dijo–. Nos hemos escrito por correo electrónico, y así es como me ha mandado su foto. Yo la imprimí. La tengo aquí.

–¿Dónde?

–¿Dónde va a ser? Conmigo. Oculta en lo más íntimo de mi ser.

–¿Quieres decir que llevas la foto de un desconocido escondida entre las bragas? –Lena la miró con aire de sospecha, y mordió la punta del bolígrafo mientras se reía nerviosa y calladamente.

Manuela sacudió la cabeza.

–¡Claro que no! Me refería al corazón. La tengo en mi pecho, bruta.

–O sea, que la llevas en el sostén. ¿Y no te pica?

–De él no me molesta nada.

–Enséñamela, venga.

–No sé si...

–Vamos, soy tu mejor amiga. Enséñamela.

Manuela se echó el pelo hacia adelante, de modo que le cubrió los hombros. Con disimulo, mirando cautelosamente a su alrededor, hurgó entre los botones de su camisa hasta que sus dedos aparecieron agarrando un folio, tensos igual que sus nervios, temblorosos.

–Aquí está. –Le tendió el papel, impecablemente doblado, a Lena.

La joven lo desplegó con movimientos rápidos. Luego miró la foto con aire concentrado.

–¿Qué te parece? –Manuela la observaba ansiosa, pendiente de su aprobación.

–Guapísimo, sin duda. Pero, Manu, este chico...

–Es un amor, ya lo sé. Esto que yo siento *es amor*, ¿a que sí? –Manuela atisbó a su amiga con los ojos chispeantes, despidiendo pequeños haces de luz a través del flequillo.

–Te veo demasiado eufórica. Deberías calmarte –le aconsejó Lena–. Mi madre dice que el amor es como el flan de huevo: nunca te lo tomes en caliente, porque cuanto más frío está, mejor sabe y mejor sienta. Aunque tampoco hay que tomárselo helado, porque entonces ni sabe bien, ni sienta bien, ni sirve para un carajo.

–Pero, pero... ¡Tu madre!, ¿qué puede saber tu madre sobre el amor?

–Se ha casado cuatro veces, algo sabrá, me parece a mí.

–Pues por eso... ¡Cuatro veces!

–Te aseguro que sabe mucho. Sobre el amor y sobre balances comerciales. Trabaja en ese banco americano, ya sabes, y está muy puesta en cuanto a balances comerciales. Y en las cosas del *cuore*, también –aseguró Lena mirando fijamente la foto del amado de su amiga–. O por lo menos eso dice mi padre. Mi padre dice que ella sabe mucho de esos dos temas. Dice que para ella esos dos temas son un mismo tema: el amor y los balances comerciales –pensó un poco inclinando la rubia cabeza sobre la mesa–. ¿Crees que lo dice con ironía?

–No sé. Los padres, las madres... ¡allá ellos! –Manuela se recogió el pelo con una goma, haciéndose una deslabazada coleta detrás de la nuca– Vale. Te lo plantearé de otra manera: ¿qué puede saber una *madre* sobre el amor?

–Psssh. Cosas. Son todas muy viejas. Ya les habrá dado tiempo a aprender algo. Yo creo lo que dicen mi padre y mi madre.

–No puedes creer todo lo que dicen tu padre y tu madre, porque uno siempre dice lo contrario de lo que dice el otro. Así que no puedes creerlos a los dos *a la vez*. –Manuela desplegó una triunfante sonrisa–. Pero no te preocupes, ellos no son diferentes del resto; ése es el destino común de los padres y de las madres. Incluso aunque no estén divorciados, como los míos.

–De acuerdo, vamos a lo que íbamos. Este chico...

–¿Le ves algún defecto, o simplemente estás *celosa*? –barbotó Manuela.

–No. De verdad. Ni una cosa ni otra. Lo mires por donde lo mires yo no puedo estar celosa de una cosa así, y además este chico no tiene ningún defecto, es impecable y...

–¿Verdad que sí? Tiene ese jersey tan sexy, y ese peinado encantador, que parece que acaba de levantarse y no le ha dado tiempo a darse una ducha. Y todos esos músculos increíbles. Y esa increíble sonrisa, y... todo en él es increíble y yo, por primera vez estoy enamorada. –Manuela se sintió eufórica y locuaz. Era verdad que el amor la había transformado, aunque nadie en su entorno se apercibiera de ello.

–Pero, Manu... –Lena contrajo los labios con tristeza–. No vas mucho al cine, ¿verdad?

–¿Eh? ¿Qué? ¿Por qué?

–Porque... si fueras al cine más a menudo sabrías que el tío bueno de esta foto se llama Steven Gold, es norteamericano, ha hecho su segunda película y le acaban de dar un premio al mejor actor revelación en no sé qué festival de por ahí –soltó Lena en un susurro, con la voz ahogada y agachando la cabeza detrás de la espalda de Kevin tanto como le era posible–. No te ofendas, pero a mí me parece que un tipo así no tendrá mucho tiempo para andar perdiéndolo en buscar novia por internet. Este tío debe... tener... las chicas... desmayadas... por docenas delante de la puerta de su casa cada mañana. Lo siento, Manu, cariño...

–¿Eh? ¿Qué?

–... Yo creo que tu novio de Internet te está tomando el pelo.

■

Durante algo más de cuarenta y ocho horas, Manuela había experimentado por primera vez el amor. Nadie podía negárselo. ¿Qué era el amor sino la ensoñación de lo perfecto?, ¿no era una planta que hundía las raíces en la profundidad del corazón que conquistaba, que le robaba la vida a la pobre y maltrecha víscera, que lo inundaba con sus bulbos y rizomas enzarzándose en cualquier pequeño espacio vital, no dejando ni un hueco para que el corazón pensara en otra cosa? ¿Y no era eso lo que ella había tenido y *sentido* con tanta intensidad durante los dos últimos días?

Sí, una planta de perfecta raigambre, con flores fuera de temporada. Una hermosa planta tan invasora como una mala hierba. Eso era el amor. Desde luego, Manuela se negaba a pensar en el amor tal y como lo presentaba Lena, siguiendo las indicaciones de su mamá: igual que un flan de huevo convenientemente refrigerado.

Hacía dos días y medio, cuando la ventosa tarde del viernes anticipaba un largo y aburrido fin de semana –lleno de trabajos escolares indeseables–, sus padres le habían comunicado de improviso a Manuela que tendría que hacer de canguro de su hermano Kike durante la noche del viernes y a lo largo de todo el sábado y el domingo.

No se habían molestado en pedirle su opinión, como se supone que han de hacer los patronos antes de redactar el contrato-basura de sus pobres y famélicos empleados. Esos detalles de extrema cortesía no hacían juego con el estilo de los progenitores de Manuela que era de naturaleza más narcisista-leninista que, digamos, ampliamente tolerante.

–Vamos a ver a tu abuela. Ya sabes que la han ingresado en el hospital, por lo del riñón... –le dijeron a su hija con toda la frialdad del polo Norte en la mirada, y... ¿desde cuando los riñones, ningún riñón de este mundo, eran una excusa para obligar a las hijas adolescentes a cuidar de los otros hijos menores por cuatro cuartos la hora y sin seguro médico?–. No podemos llevar a Kike. Los hospitales no son buenos para los niños pequeños que están sanos, así que te quedarás cuidándolo. Tenéis comida preparada en el frigorífico, y dinero para pedir una pizza por teléfono si os apetece. Aunque un par de ellas *como mucho*, ¿vale?

Manuela los miró estupefacta.

¿Eso era todo? *¿Pizza? ¿Frigorífico?* ¿Y qué pasaba con aquello tan agradable y práctico de los *Derechos Humanos*?

–No podéis hacerme esto –gimió.

–Hasta el domingo por la noche –dijeron ellos por toda respuesta–. Y no dejes que Kike se atiborre de helado.

Instantes después de que los desalmados padres de Manuela cerraran la puerta sigilosamente tras ellos, Kike apareció en el pasillo. Lo habían dejado entretenido en la cocina con algo –¿comida para perros, quizás?–, para que no los viera marcharse con sus furtivos andares y sus ademanes de ladronzuelos nocturnos, con sus conciencias ruines, malolientes y poco desarrolladas, con las palabras *culpa* y *abandono* grabadas en la frente como dos cicatrices sanguinolentas. Le habían echado al suelo algún objeto vagamente tóxico para mantenerlo ocupado el tiempo justo que ellos tardaron en salir pitando puede que al hospital, sí, pero también puede que hacia algún hotel discreto con piscina cubierta y discoteca abierta toda la noche.

¡Buf! ¡Puag!

El pobre Kike, con el pijama puesto y el chupete mordisqueado colgando exangüe de una de sus manos, se acercó a su hermana mayor. Al fin y al cabo no era un chico tan terrible. Y sólo tenía tres años.

–¿Dónde eztán papi y mamá? –preguntó señalando a Manuela con el chupete.

–Han tenido... han tenido que salir a llevarle una cosita a la abuelita –le dijo al niño, sintiéndose en el acto como un lobo miserable y embustero en el cuento de Caperucita–. No te preocupes, el domingo vuelven.

–¿Cuándo ez domingo? –quiso saber Kike. Se mesó los rizos pelirrojos con el chupete. Parecía preocupado porque era consciente de que no terminaba de aclararse con respecto a la manera en que los adultos calculaban el tiempo. Además, todos ellos tenían esa horrible costumbre de ponerles nombres difíciles a los días.

–Casi siempre es domingo en esta casa.

–Ah –asintió él comprensivamente; aunque no se le veía muy convencido.

–¿Vamos a cenar?

–Zí. Y luego jugamoz al oldenadoz... –A Kike, un chaval de su tiempo, sí que le gustaba la informática, sobre todo aplicada a actividades recreativas tales como derribar marcianos de sus naves diabólicas, ganar carreras de coches diabólicos, y acabar con todo ese diabólico movimiento de la pantalla de una vez por todas apretando el mayor número posible de botones y gritando de la forma más espeluznante que uno pudiera conseguir extraer de su gaznate sin llegar a sufrir lesiones irreversibles.

El niño se acercó a su hermana y rodeó con sus bracitos regordetes la pierna de la chica, apretándola con fuerza, pero sin soltar el chupete.

Manuela suspiró.

–Te quiero, Manu –dijo él.

–Haces bien, enano... –contestó ella, alborotándole el pelo.

–¿Y jugaremoz?

–Pues claro –asintió Manuela.

Y esa misma noche, con Kike dormido entre sus rodillas, Manuela entró en el *chat* donde encontraría al hombre de su vida.

Por lo general sólo utilizaba el correo electrónico; apenas navegaba por internet. A su padre internet no le gustaba. Decía que estaba lleno de pornografía.

–Pero, ¡papá! –se quejaba Manuela.

–Nada, nada –decía él–. Demasiada pornografía.

Aunque la madre de Manuela le quitaba importancia al asunto. «Para el padre de una chica de dieciséis años, el mundo entero está repleto de pornografía. Pobrecillo...», solía decir meneando la cabeza.

Manuela, después de entretener a Kike con el *Taller de Juegos del Rey León* hasta que se durmió de agotamiento, decidió darse una vueltecita por la red. Al fin y al cabo su padre no andaba mosconeando por la casa, y allí estaba ella, abandonada y teniendo que ocuparse de una criatura, lo que se le antojaba impropio de su edad inexperta y fácilmente impresionable.

Siempre es un poquito legítimo tratar de hacer lo ilegítimo, esto es: lo que prohíben los padres. Sobre todo cuando los padres son de la catadura moral del padre de Pulgarcito, o de los suyos mismamente.

No encontró pornografía, aunque lo cierto fue que tampoco la buscó, así que no se extrañó demasiado por no hallarla. Vagó de un portal a otro sin que nada le pareciese interesante, a excepción de las maravillosas fotos en color de la página *web* de la NASA: la nebulosa Laguna como un gran incendio de colores rojizos y pardos, produciendo estrellas nuevas sin descanso a cinco mil años luz de la Tierra; la nebulosa del Cangrejo y su oscuro corazón de púlsar; el espumoso hollín celeste captado con especial nitidez por el telescopio *Hubble* en el centro de la Vía Láctea...

Cuando agotó la página de la NASA, estuvo a punto de cerrar los ojos y quedarse dormida como su hermanito, pero entonces se acordó por casualidad de que su profesor de Informática les había enseñado cómo entrar en uno de esos sitios en los que se puede charlar con gente de cualquier lugar en tiempo real. Dejó a Kike sobre su cama y entró en el *chat* de amigos de *enlared.com.* Recordaba el nombre porque era fácil, y porque luego salió a colación en el examen de Prácticas.

Al principio no sabía muy bien cómo formar parte de la conversación, que parecía muy animada. Lanzó mensajes sin parar que decían: «Hola, ¿me lee alguien?, hola, hola...». Hasta a ella le sonaba lastimero, así que no tenía muchos motivos para escandalizarse porque nadie le hiciera caso. De todas formas, lo bueno que tenía aquello era que no resultaba necesario esconderse detrás de un flequillo para relacionarse con la gente. El espacio virtual fue una compasiva máscara más que eficaz. Nadie la conocía. Podía proclamar a los cuatro vientos: «Me llamo Manuela Janés y estoy desesperada, ¿hay alguien ahí fuera?», y a ningún internauta le preocuparía demasiado lo que dijese o dejase de decir. Era gente desprejuiciada, y más o menos libre, ¡qué maravilla! Quizá eran así porque no se sentían ellos del todo, sino porque llevaban también un disfraz, pero... de todos modos, ¿qué más daban los motivos? Lo bueno era que allí, dentro de la red, se respiraba libertad. No importaba que fueses alto, bajo, rechoncho o estúpido. También tú podías encontrar un hueco para ti. Un amigo, quizá.

Por fin alguien le contestó y empezó a charlar con ella. Manuela escribió y envió sus mensajes primero arropándose debajo de mil precauciones y chistes fáciles, después con un cierto atrevimiento producto, a partes iguales, del anonimato y de la alegre excitación por sentirse escuchada. De vez en cuando, alguno de los otros internautas se metía en su diálogo para hacerles, a su interlocutor y a ella, algún tipo de chanza refinada o grosera, según su humor.

Manuela y su desconocido amigo intercambiaron sus direcciones *e-mail*, y pasaron a usar el correo electrónico, que les ofrecía más privacidad.

Así fue como la joven pasó el fin de semana arrebatada, escribiendo y recibiendo mensajes electrónicos sin parar, descubriendo en cada nueva frase que él le enviaba un mundo de sensaciones acogedoras, de ternura encubierta detrás de cada palabra... Intuyendo, en definitiva, las infinitas posibilidades de gozo y martirio del romance loco, ciego y tonto de nacimiento que sólo es capaz de anidar en un corazón de dieciséis años. Un corazón limpio y frágil como un riachuelo aún sin contaminar. Un corazón crédulo e inocente. Un corazón de guardería y chupete, fácil de engañar.

Cuando él le envió aquella foto tan favorecedora y provocativa, la ya disminuída voluntad de Manuela claudicó. Aquel era *su hombre* y no había más que hablar.

–¿Se puede saber qué haces con el teléfono que no para de comunicar? –rugió su padre a través del auricular cuando finalmente consiguió hablar con Manuela.

–Nada, nada... –le respondió ella, con cara de boba satisfecha.

El domingo por la tarde, antes de que llegaran sus padres de vuelta a casa, llenó la bañera de agua tibia y espumosa y metió en remojo a Kike. Mientras tanto, imprimió uno por uno todos los mensajes de su amor. Cogió los papeles, hizo con ellos una pila y los colocó con cuidado debajo de su almohada. Quería dormir sobre aquel montón de belleza, de embriagadoras promesas y palabras.

Se miró al espejo después de secar a Kike y ponerle el pijama. Estaba distinta. Se notaba mejorada. Más guapa, más alta, más delgada, más lista.

Así era el amor. Y si no era así, por lo menos no había duda de que estar enamorada daba en qué pensar. Y también daba... –por supuesto y sobre todo–, también daba mucho en qué soñar.

Eso era lo mejor.

■

Lena miró a Manuela con compasión. Manuela detestaba la piedad y la lástima, sobre todo cuando se dirigían sobre sí misma, de manera que escondió su propia mirada con hosquedad.

En ese momento sonó el timbre del recreo y la voz quebradiza de la profesora de Historia fue instantáneamente estrangulada por el intenso y ensordecedor graznido de alivio general. Los chicos y las chicas comenzaron a saltar por encima de sus mesas, de sus mochilas y de sus compañeros de pupitre más lentos, tratando de ganar cuanto antes la puerta de salida.

En menos de cuarenta y cinco segundos el aula se quedó vacía y silenciosa, con tan sólo unos remolinos de polvo titilando sordamente en el aire de la estancia y las dos amigas, Lena y Manuela, agachadas sobre sus mesas de estudio como si todavía hubieran de ocultar su inconveniente cotorreo detrás de las espaldas de Kevin y Martín, para que la educadora no les recriminara su falta de atención.

–Me siento fatal, me siento como una estúpida... –dijo Manuela, haciendo un puchero.

–Vamos, vamos... –Lena palmeó la espalda de su amiga–. No te pongas así, que no merece la pena. Mi madre dice...

–¡Me importa una mierda lo que diga tu madre! –estalló Manuela, desasiéndose con rabia de las caricias de su amiga.

Se sentía tan furiosa que le dio un puntapié al pupitre que tenía frente al suyo –el de Martín *el Gángster* y Kevin–, haciéndolo caer y consiguiendo que las cosas de los dos chicos rodaron por el suelo en un revoltijo informe de papeles, libros, bocadillos, botellitas de agua mineral vacías, viejos envoltorios de chicle...

Manuela calculó por el rabillo del ojo el desastre que había causado y se dispuso a reparlo, lo que contribuyó decisivamente a calmar un poco la decepción y la ira que sentía.

–Vamos a ver, Manu, tampoco te pongas así conmigo, ¿vale? –Lena se levantó y empezó a dar vueltas por su lado del pasillo, con aspecto doctoral–. Ya sé que te sientes estafada, pero generalmente las cosas nunca son lo que parecen. Mi padre me lo recuerda constantemente, y si fueras más a menudo al cine te darías cuenta de que esa premisa, o sea: que las cosas nunca son lo que parecen, ese... lema, digamos, es la base de cualquier buena película. Me lo ha dicho mi padre. Así que... sabiendo todo eso como lo sabemos, deberíamos estar prevenidas ante situaciones como éstas. Deberíamos intuir lo que nos va a pasar. Eso nos tranquilizaría lo suficiente como para no hacer tonterías o perder la cabeza por tonterías. Recuerda: el amor, como los flanes, frío, frío...

Manuela sonrió por primera vez en mucho rato. Lena se agachó junto a ella y empezó a recoger las carpetas de los chicos, desparramadas por el suelo.

–Yo que tú le escribiría otra vez por correo electrónico y le diría francamente que es un cerdo. Que se vaya al infierno. Que cuando te lo eches a la cara le vas a arañar los ojos y le vas a arrancar el tupé de un mordisco. –Lena mostró los dientes como si fuera una pequeña tigresa.

–Quizá no lo vea nunca, Lena. Lo más seguro es que jamás consiga saber quién es. ¿Quién sabe dónde vive? Podría estar en cualquier lugar. Su dirección electrónica es española, eso sí. Pero... No sé. La foto era tan bonita... –dijo Manuela con una llorosa melancolía que enterneció a su amiga; estaba echada de rodillas sobre el suelo, recogiendo unos papeles en blanco, con toda la apariencia de un alma en pena.

–Al menos no has pasado meses y meses enamorada tontamente. Al menos sólo has estado enamorada durante un fin de semana.

–El tiempo es lo de menos, lo que importa es la intensidad con que una lo vive... –Manuela se sintió de repente toda una experta en patología sentimental–. Eso es lo importante. Eso, y el hecho probado de que yo también le mandé una foto a ese imbécil.

–¡No! –chilló Lena–. ¿De veras le mandaste una foto *tuya* a un desconocido? ¿No sabes que el mundo está lleno de chiflados y que tú sólo tienes dieciséis años? ¡Por el amor de Dios! –Lena se sentó en el suelo, sosteniendo un cuaderno de los de Martín entre las manos.

–Bueno... Al principio me daba vergüenza. Estuve a punto de escanear esa foto tuya en biquini, esa que tengo colgada en mi habitación, y enviársela haciéndole creer que tú eras yo. ¡Estás tan guapa en esa foto!

–¡¿Quééé?! –Lena se quedó pasmada.

–¡Bah!, pero no te preocupes... En el último momento decidí que, si lo engañaba, yo misma le cerraría las puertas a la posibilidad de poder conocerlo alguna vez. ¡Me parecía un chico tan atractivo! –Manuela sonrió soñadoramente–. Así que me dije: «Mándale tu foto, si te contesta, es que a pesar de todo le interesas. Si no... pues bueno». Se la mandé. Me contestó diciendo que le parecía una chica muy guapa...

–Lo eres, eres muy guapa, lo que pasa es que no te ves. Ni te quieres ver... –dijo Lena con un suspiro.

–Luego nos carteamos por *e-mail* a un ritmo de locos. Intercambiamos setenta mensajes sólo en el fin de semana. Creía que había encontrado mi alma gemela, mi media naranja, mi amor... Y ahora me entero de que es un cretino que me ha estado tomando el pelo, que me ha engañado sobre su aspecto físico, y a lo mejor sobre todo lo demás, y que encima se ha quedado con mi foto.

–Sí, pues ese tipo parece que no es el único que tiene una foto tuya, porque mira... –Lena sonrió, agitó algo en la mano, y finalmente le enseñó un folio impreso a color que acababa de extraer del cuaderno de Martín *el Gángster*.

Manuela miró la página con concentración, al principio no le pareció posible, aunque al cabo de unos segundos se dió por vencida y optó por reconocerlo: aquélla era ella, era Manuela. La foto había sido tomada el verano pasado por su padre. Manuela tenía el pelo castaño recién lavado cayéndole por los hombros hasta el pecho. Llevaba puesto un vestido de tirantes finos, de una tela de viscosa muy suave, estampada de florecitas verdes y amarillas, que se recogía debajo del pecho y que su madre le había comprado en Zara aquel mismo día. El sol le caía por encima como un jarro de luz que le hubieran derramado sobre la cabeza. Ni siquiera parecía ella. Estaba tan guapa que Manuela no se reconocía a sí misma.

–Ésta –tragó saliva–. Ésta es la foto que yo le envié por correo electrónico a mi... –las palabras se ahogaron en su garganta– a mi amor...

Miró la base de la foto. Era una copia en color hecha por una impresora. En el pie de la fotografía decía claramente: «Impreso por Martín Genovés Martínez, mgmlider@freesurf.es».

Lena hurgó un poco más entre las cosas de Martín hasta que terminaron saliendo un conjunto de folios, impresos también por Martín Genovés Martínez, mgmlider@freesurf.es, en los que Manuela reconoció avergonzada los mensajes que ella había mandado a su corresponsal.

–Y ésa... –Manuela sintió que las rodillas empezaban a fallarle–. Ésa es la dirección electrónica de mi, de mi... ¿amor?, mgmlider@freesurf.es. Puesta al lado de la mía, manu.janes@yacco.es. Este fin de semana lo he pasado enterito escribiendo sin parar tiernos mensajes a esa dirección electrónica. Sólo dejaba de escribir mensajes para darle de comer a Kike o rebobinarle la cinta de vídeo de los Teletubbies. Este fin de semana no he hecho ninguna otra cosa. Y cuando me acostaba soñaba con que, detrás de esas letras que forman su dirección electrónica, estaba mi Príncipe Azul. ¿Entiendes, Lena? Aunque suponía que estaba muy lejos, muy lejos de aquí. Suponía que no sólo era un príncipe, sino que vivía en una magnífica masía del Alto Ampurdán. O en un cortijo andaluz lleno de caballos españoles... No sé. En cualquier caso, por ahí lejos. Desde luego nunca sospeché que viviera en el pupitre de delante.

–Parece que, además, no es ningún príncipe... Vamos a ver, vamos a ver... –Lena se puso en pie mientras sostenía entre los dedos los folios estampados con la foto de Manuela y sus apasionados mensajes–, ¿quieres decir *en serio* que éstas –agitó los papeles con la mano derecha– son las pruebas evidentes de que el amor de tu vida, o el amor de tu... fin de semana, o como quieras llamarlo, es ni más ni menos que... Martín Genovés? ¿*El Gángster*?

–Sí, maldita casualidad, ¿no? –Manuela pensó, con la mirada quieta sobre el techo descascarillado del aula–. ¡Claro!, él debió reconocer mi nombre. Yo entré en el *chat* con mi verdadero nombre. El mismo *chat* que nos enseñó el profesor de Informática. Me pareció ridículo tratar de hacer amigos escudándome en motes tales como *la Ratita que Baila, Doce Noches de Pasión, Pimienta en el Calzón* o *el Chapulín Abrumao,* la verdad... Y luego mi dirección de correo electrónico lo dice bien claro... Proclama a los cuatro vientos que yo soy *manu.janes.* Y cuando vio mi foto, ya no le quedaron dudas. Pero... ¿qué quería, tomarme el pelo?

–A lo mejor le gustas de verdad.

–¡Es un chico muy raro!

–Todos somos un poco raros –asintió Lena, guiñándole un ojo.

–¿Qué pretende con este jueguecito?

–No lo sé. Tendrás que averiguarlo por tí misma... –dijo Lena, y terminó de colocar las cosas de Kevin y Martín en sus mesas, con mucho cuidado, tratando de hacerlo discretamente, para que no se notase que alguien había alterado el ya caótico orden personal de los dos chicos que siempre se sentaban delante de ellas.

DOS TARDES CON BEATRIZ DE SOUSA

Antón Castro

Beatriz de Sousa, al principio, sólo me provocaba aversión. Ni siquiera indiferencia, sino aversión. No recuerdo la primera vez que la vi. Era una criatura entre tantas de las que amanecíamos cada día en la parada del cruce de Baladouro, donde nos recogía el autobús que nos trasladaba a la Universidad Laboral «Crucero Baleares». Invocaré sólo los nombres de las chicas. Allí estaban Rosa Cruz de Loureda, con su pantalón ajustado y sus caderas radiantes, que tenía un hermano loco, Sesé, y siete caballos en el monte; Anabel Garfias, enjuta y elegante, con su rostro sembrado de pecas y su cabello rojizo como el fuego; Pacucha Esmorís, de la cual alguna vez anduve enamorado pero desistí la dolorosa noche que en Hervedíns, bajo un cielo fosco y sin estrellas, la vi besarse con Cidre, el aprendiz de carpintero: jamás había observado nada igual, se entregaban en medio de la verbena no con sólo los labios y las bocas enteras, sino con las lenguas abrasadas mientras sonaba una melodía triste de Roberto Carlos.

Luego, a lo largo del camino –Oseiro, Pastoriza, Meicende, avenida Alfonso Molina, ya en A Coruña– iban incorporándose Amelia, Josefa Ruiz y Teresa Seara, ella sí concentraba todas mis atenciones y quizá mi deseo porque más de una vez me sorprendía volcado en los placeres solitarios pensando en su figura, igual que me ocurría con aquella Jean Seberg de cara de chico que había visto en *La leyenda de la ciudad sin nombre* o con Ava Gardner, que me mortificó desde que proyectaron *La condesa descalza* en el Cine Real. Me gustaba viajar hacia las aulas en el coche amarillo y destartalado de Transportes Carracedo que la llevaba dentro. Todo le sentaba bien: aquella melena entre pardusca y rubia, los ojos claros como el agua de mar en Marburgo, la ropa, incluso los movimientos: el pie que se adelanta, tembleque un instante y se afirma junto al otro, y dibuja unas nalgas prietas y redondas de mujer de cine negro. Pronto iba a convertirse en una de las reinas de la Laboral: un día sí y otro también llevaba un pelotón de estudiantes a su paso, entre ellos a aquel Eduardo Soneira de Santander, que se llamaba igual que yo y había nacido el mismo día, aunque dos años después. Era requerida, pretendida y asediada en los tiempos muertos entre clase y clase, y en los turnos del comedor multitudinario. En aquellos días en que redactaba un *Cuaderno de defectos ajenos*, sólo le dediqué una frase desesperanzada: «Teresa Seara tiene ángel y no es para mí».

Beatriz de Sousa también lo tenía, pero tardé algo en saberlo. En realidad, me asustaba su aspecto: el pelo undoso y a la vez como aplastado con jabón de sosa; descendía desastrada del coche de línea de Caión: como si hubiese dormido con la ropa puesta y hubiera tenido una agitada noche de jabalí o de fiera peregrina en medio del vendaval. Su porte contrastaba con el de las demás: sus blusas jamás estaban planchadas, ni los pantalones, ni las chaquetas de punto, granates y verdes, que usaba; las botas, a menudo de aquellas llamadas coreanas, habían trajinado lo suyo, por eso estaban desgastadas. Inicialmente entraba poco en las conversaciones durante la espera. Tenía raras y casi incomprensibles inclinaciones: se aislaba en torno a los setos y los platanales de la acera, y parecía hablar sola o con sus descuidados libros; si no, se acercaba a esos compañeros que nunca suscitaban demasiado interés, y parloteaba y parloteaba con ellos hasta que desembocaban en la sonrisa y luego en la sonora carcajada. Recuerdo que, con el paso de los días, se encaminaba hacia Genaro Berdía, a quien le llamábamos *El arcipreste de Baladouro*: no se conformaba con la teoría en materia alguna, pero especialmente en Literatura, por ello experimentó con la escritura de todas las modalidades de la poesía: sixtina, décima, sonetos en endecasílabo y aleixandrino, lira, romance, etc. Era gracioso. Beatriz se entregó de inmediato a su ingenio y se reía con aquella seguridad que empezó a generar en mí una sensación de envidia. Había un instante en que, alejados ambos en el banco de piedra de la mercería Xestal, se confiaba y mostraba una dentadura reluciente, clavada dentro de su boca salvaje y húmeda. También parecía percatarse de que ninguno de nosotros prestábamos atención a Da Silva, el muchacho portugués requemado y esbelto como junco que peleaba con más esfuerzo que acierto en el curso de Náutica. Aquella protección que parecía dispensarles, la selección natural de amistades atípicas que llevó a cabo, encendieron en mí el piloto de la suspicacia. Perdida la ilusión por Teresa, e incluso por Rosario, su amiga del alma –una niña regordeta y coja de Abegondo, parecida a una virgen gótica, a la que perseguí aquí y allá con miradas furtivas, en las sesiones de estudio o en los descansos de las once y cuarto–, me concentré en ella, enfermo de curiosidad y ganado por su espontaneidad y por su enigma silvestre.

Las notas que le destinaba en el *Cuaderno de defectos ajenos* eran cada vez más positivas. Al principio, el desdén hacia ella campaba por todas las páginas, era raro el día que no le dedicaba una frase hiriente, del tipo «No me atrevo a acercarme. Creo que huele a pescado podrido», o «¿Quién será esta loca de atar que sólo repara en los estúpidos?». No es necesario referir que mi visible arrogancia sólo escondía un profundo complejo de inferioridad y un conflicto de celos, del cual aún no me había dado cuenta, pero también el atrevimiento de la ignorancia. La naturalidad y la frescura de Beatriz de Sousa ya asomaban a mi diario: «Me da miedo, pero me gusta. Debo procurar su compañía. Yo también escribo versos». Era cierto que lo hacía: en cuartillas, con bolígrafo negro y con una pluma azul; poemas de amor y mar, poemas de paisajes agrestes, envueltos en niebla y en el misterio de los atardeceres, que era cuando yo –una vez que había regresado de la Laboral– ingresaba en los montes o tomaba el sendero del río Bolaños desde el puente de las Anguilas hasta la cantera, pasando el viejo molino y la fuentecilla donde brotaban las aguas sulfurosas que habían sido canalizadas hacia el balneario.

Siempre he sido afectado como un clown insoportable. Elevaba la voz para llamar la atención, presumía saber lo que desconocía, se me llenaba la boca de nombres raros y extranjeros, de experiencias extrañas tomadas de la revista *Selecciones del Reader's Digest* o de mis fugaces encuentros con libros que no tenía. Alguna vez visitaba a Ucho, el lector de periódicos varado en una terraza acristalada encima de la tienda de ultramarinos y coloniales de Ayán, y me dejaba hojear alguno de sus dos mil volúmenes encuadernados. Incluso me regalaba recortes de periódico con notas de peleas de boxeo, de encuentros de fútbol internacional y de reportajes de crímenes y robos. Las anécdotas que extraía de las entrevistas de Julián de Rioyo en el *As color* de los miércoles –de actores de cine y caballistas como Fred MacMurray, de golfistas como Jack Nicklaus, de porteros legendarios como Amadeo Carrizo, de boxeadores y directores de cine como John Huston– me daban para mucho. Me daban para hacer ostentación de sabiduría. Beatriz de Sousa fue la primera en percibirlo, y me lo dijo como quien no quiere la cosa. «¿Hablas para mí o para que te oigan Rosa, Anabel y Pacucha?» Otro día fue más directa: «No es necesario que presumas. Quien debe apreciarte, sabrá hacerlo de inmediato, pero no se lo pongas difícil». Yo, que sabía martirizarme en mi diario y en mi existencia a todas horas, resumí la sugerencia sin contemplaciones: «Beatriz me dice que no debo ser un pavo real». No era fácil hacerle caso. Había pasado demasiado tiempo intentando aparentar lo que no era, me había convertido en un impostor que compone una biografía ilusoria de sí mismo, ilusoria y completamente falsa, y tenía la impresión de que no era fácil volver atrás. En todo caso, si lo hiciera, ¿adónde habría de retornar, en qué punto había dejado de ser yo? ¿Quién era de veras: ese tipo que perdía peso a pasos agigantados, que soñaba con ser poeta y que sin embargo hacía un curso de acceso a Formación Profesional de segundo grado en la rama de Mecánica, felizmente con todas las asignaturas de Humanidades? ¿O el otro: el loro, el sabihondo, el pusilánime con ideas turbias que adiestraba a los compañeros en álgebra, literatura universal y técnicas de fútbol, el pretencioso que invocaba los nombres de Flaubert, Alphonse Daudet y Honorato de Balzac como si fueran parientes o compañeros de pupitre?

Era un solitario y un vagabundo: durante la semana enmascaraba mi angustia y mi vida sin amor con las clases, el doble viaje de ida y vuelta, y con mi caminata por las montañas y la rosaleda del vergel del balneario; pero en cuanto llegaban el sábado por la noche y el domingo me volvía loco. Nadie debía saber que no tenía amigos, nadie debía saber que me marchaba solo a A Coruña y deambulaba de aquí para allá, asustado y sobrecogido por el estruendo del mar, de playa en playa; después por los jardines de San Carlos, junto a la tumba de sir John Moore y los versos que le dedicó Rosalía de Castro, y por las estancias condenadas del castillo de San Antón; siempre me quedaba media hora absorto ante la alberca interior, llena de monedas y de anhelos como los míos. Una tarde de llovizna y de furor océanico, arrojé junto a tres pesetas un nuevo afán: «Creo que amo a Beatriz de Sousa, y me gustaría ser correspondido». Esa noche escribí en mi *Cuaderno de defectos ajenos*: «Beatriz, si estos papeles cayesen en tus manos, serían mi perdición». De inmediato, me asombraba de que hubiera pasado tan deprisa del odio a la pasión.

No sé en qué medida Beatriz me ayudó en esta esquizofrenia de adolescente, pero lo hizo. Las mañanas tenían sentido porque ella estaba en la parada, o porque la veía bajar del autobús de Caión y se acercaba distraída, pensando en sus cosas, silbando. Corría a saludarla y la miraba de arriba abajo: repasaba cada centímetro de su aspecto, más que de su cuerpo. El cabello, más cardado que ondulante, crespo y duro como si fuera de yegua; los pantalones vaqueros arrugados aquí y allá, descosidos en algún lugar, descoloridos a la altura de los muslos; todo en ella empezaba a parecerme singular: la sonrisa dulce, los gestos, la desenvoltura absoluta ante cualquier persona o cualquier situación, el desparpajo, el modo en que saludaba al conductor del vehículo, enfurruñado con todos menos con Beatriz. Podía tocarte, bromear sobre cualquier tema, tomarse ciertas libertades inusuales con pasmosa naturalidad. Era increíble; mientras con las demás chicas (especialmente con la explosiva Rosa Cruz) podíamos deslizar la conversación o los minutos de la espera hacia temas eróticos, plagados de sobreentendidos y picardía, con ella eso no ocurría nunca. Era como si fuese de una pureza ideal, perfectamente encajada en su agraz libertad de costumbres. Acabé deduciendo que era pudorosa.

La buscaba a todas horas. Intentaba sentarme con ella en el coche: esperaba que se acomodase, comprobaba que buscaba la ventana y que el otro asiento quedaba libre. De inmediato lo cogía. E intentaba iniciar una conversación: quería saber cómo le iban las clases, quiénes eran sus profesores, cuántas horas dedicaba al estudio; quería saber si se había integrado en el inmenso recinto de El Burgo, en el cual todos los colegios tenían nombres de barcos o de puntos universales de pesca. Ésa era mi forma particular de conquista: quería ganarme su confianza y no me importaba hacerlo con un vaivén de cosas y de confidencias que con frecuencia incluían a mis padres. Él, le decía, es pintor de brocha gorda y de vez en cuando hace de barbero ambulante para niños, hombres y ancianos; no tiene coche porque no ha podido sacarse el carnet, pero conduce una moto bamboleante de muelles, una Lambretta chirriante. Ella es más nerviosa y trabaja sin esfuerzo: cuida los campos que tenemos en As Viñas, detrás del Cine Real, y alimenta a varias cerdas de cría. En cambio, Beatriz me contaba muy poco de su familia, excepto que eran bastantes hijos, siete, juraría, y que tenía una hermana, Catalina, estudiando Ciencias Puras en Santiago.

La despedida del alba comenzó a ser cada día más dolorosa. Nos decíamos hasta luego y yo me quedaba, transido de melancolía, ante los cristales del gran vestíbulo central. La seguía un instante con los ojos por los pasillos hacia el aula 33, la del grupo C de primero de BUP, y soñaba en silencio no sé bien con qué. La cabeza me daba vueltas cada mañana, la imaginación se me disparaba y me veía junto a ella en los arenales de Marburgo, cerca de las desmoronadas torres de Borrazás y del huerto de higueras; me veía en Caión, subiendo y bajando de la plaza pública al puerto, o pidiendo permiso para acceder al viejo pazo de Graxal y a sus estancias pobladas de recuerdos de la navegación. Puesto a soñar, fantaseaba acerca de cómo sería un domingo en A Coruña con ella:

saldríamos en el autobús de las cuatro, iríamos bien apretados en los asientos, aliento con aliento casi, o esculpiendo con los ojos del corazón el perfil del otro; luego pasearíamos por Riazor y Orzán, buscaríamos el silencio apacible de San Carlos, bailaríamos en aquel *Pub A-Cien* las canciones del nuevo disco de Patti Smith, *Horses.* Y me perturbaba pensar en qué momento habría de besarla, en qué instante repasaría con mi lengua aquellos dientes blancos, dónde podríamos hacerlo sin que nadie asomase a la terraza y nos arrojase una botella de orines como le hicieron a Teresa Seara y a mi doble de Santander, Eduardo Soneira.

En mi *Cuaderno de defectos ajenos* su nombre dejó de aparecer. Ya no tenía demasiado sentido; aquél era un proyecto obstinado que yo llevaba casi como un ejercicio de autodefensa. Me consideraba entonces una nadería, algo así como un náufrago invisible y doliente, y debía contrastar el comportamiento (sobre todo el malo) de los demás con el mío para no sentirme tan desgraciado, tan poca cosa. ¿Qué imperfección, pues, iba a anotar de una mujer que cada día me fascinaba más? Beatriz de Sousa era para mí como una fortaleza que se alza en medio de una roca, entre la bruma y el misterio de una inmensa cordillera. Sabía que debía ir ascendiendo peldaños para aproximarme, para poder abordarla definitivamente y decirle que desde hacía un mes no hacía otra cosa que pensar en ella, y dedicarle todos mis poemas, emborronar mis libretas Enri con su nombre y sus atributos: Beatriz de Sousa, loca de atar, segura de sí misma, indomable como el mar y los delfines; Beatriz de Sousa, bella en su abandono y en el desastre, inquietante y acariciadora. La convertí en la protagonista de mis textos y la hacía danzar, extraviarse o soñar junto a mis árboles favoritos, los refugios de A Penouqueira cubiertos de enramada, los pasadizos secretos que conducen a la cantera, la voraginosa espesura del vado cerca del molino y los peñascos. Desde niño he tenido un sueño obsesivo y trágico: jugaba delante de la casa de mi vecina Pepita, entraba y salía, ella me enseñó a leer en los almanaques las vidas de santos, me quedaba a merendar, la casa se convertía en un peñasco y luego no podía volver a mi domicilio; y allí permanecía encerrado en una noche completa y definitiva sin que afuera nadie oyese mi llanto, mi clamor contra aquel infierno inesperado. Desde que Beatriz de Sousa se adueñó del rumbo de mi vida, la pesadilla era perfecta: me quedaba aprisionado con ella hasta que nos visitaban la muerte y el olvido.

Era tan pertinaz como impulsivo. No podía resignarme a aquellos fugaces encuentros del autobús y, si acaso, del comedor. Teníamos casi todas las mañanas una o dos horas libres de estudio. Descubrí que en el Colegio Gran Sol había, al lado de la sala de periódicos y revistas, un aula que siempre estaba vacía, donde podía trabajar a mis anchas. Así lo hacía: me metía en aquel cuarto para 50 o 60 alumnos al que nunca venía nadie y estudiaba y escuchaba la música de Bob Dylan, al cual acababa de descubrir. El disco era *Desire*, deseo, y la imagen de Beatriz de Sousa galopaba en cada una de las notas, en «Hurricane», en «Romance in Durango» o en «Joey». En cada pieza yo lograba encontrar un pretexto que me llevase a pensar en ella, a imaginármela en los jardines de la universidad, bajo los sauces llorones o entre las hortensias. Aquellas mañanas de cautividad clandestina, en aquella isla aparte que era el aula, eran ideales, en particular los días en que llovía, y oía el repiqueteo del agua contra los vidrios. Muy de niño, la añoranza se me reveló de dos formas muy curiosas: enamorándome locamente de mi vecina Pepita que tenía diez años más que yo y había enseñado a bailar a mi hermano abrazado a una escoba, me decía que me esperaría, que no crecería más hasta que yo la alcanzase; y tumbándome bajo el voladizo de mi propia casa con el oído aplicado a la tierra mientras caía la lluvia y se despertaban en el ambiente los olores secretos del paisaje y aun del planeta.

Pues bien, había un instante en que no podía más y me iba hacia las aulas a ver si la podía ver, aunque fuese desde lejos y sin hablarle. Me sentía un perseguidor, el fantasma que va y viene por los pasillos con una misión desconocida. Si me la encontraba, procuraba disimular. Claro que nos saludábamos, que le preguntaba cómo habían ido las clases, y si ella advertía que estaba demasiado lejos de mi territorio, inventaba. Me convertía en el mentiroso compulsivo que siempre he sido: busco a Lito Villar, que me prometió un libro de Julio Cortázar, *Todos los fuegos del fuego*, le decía. ¿Has visto a *El arcipreste de Baladouro*? Me han dicho que su romance al río Bolaños es sensacional. Y así. Como parecía estar en otro mundo, en una región ignota y espiritual que sólo a ella le correspondía, yo pensaba que era ajena a mis embustes, que no sospechaba que nuestros azarosos encuentros eran buscados por mí, que eran mi reacción de amante desconsolado.

El peldaño siguiente llegó. Me pidió mis poemas y le dejé una carpeta entera, de la que extraje todas aquellas composiciones donde apareciese su nombre o cualquier referencia explícita a su persona. Tardó una semana en devolvérmelos. Sólo me dijo: «Me gustan, pero he visto que no eres feliz». «Bueno, eso ya lo sabías.» Insistió: «Claro que lo sabía, que lo habíamos hablado, pero no es lo mismo, ese dolor, me ha perturbado eso que haces algunas tardes de domingo antes de marchar a las playas: te metes debajo de la cama con el cuchillo de matarife de tu padre para cometer una locura». Y de inmediato agregaba con una voz protectora, casi maternal: «Qué haríamos si no tuviéramos la vida. Dime, Eduardo, ¿de qué nos sirve la muerte?». No supe qué responderle, y aún me alivió más cuando me dijo que al día siguiente avisaría en casa de que retornaría tarde, en el autobús de las ocho, y que en esas casi tres horas que nos quedaban nos iríamos al mar de Valcobo y de Marburgo.

La propuesta me sorprendió y me llenó de felicidad. Por la noche, la ansiedad no me dejó dormir y no hice otra cosa que imaginar una y otra vez cómo iba a ser el paseo, de qué podríamos hablar o cómo debería comportarme. Con su naturalidad habitual, por la mañana me dijo: «No te olvides de lo de esta tarde». Aquel día fui a la biblioteca y descubrí que había discos de poesía y que incluso se contemplaba el préstamo de un aparato reproductor. No recuerdo ahora si el tocadiscos –en casa no teníamos– era de la biblioteca o del colegio al que pertenecíamos los mediopensionistas, pero sí recuerdo con total nitidez que me lo prestaron con un disco de Pablo Neruda, donde él mismo recitaba sus *Veinte poemas de amor y una canción desesperada.*

Antes de ir a la costa, fuimos a mi domicilio, conecté el tocadiscos y oímos aquella voz arrastrada y nostálgica, aquel obstinado lamento de amor y pérdida. Miraba a Beatriz, me asomaba a sus ojos y yo me sentía el poeta de la lenta voz que canta a su enamorada presente. Ella sonreía y me devolvió a la realidad que nos había reunido: «Ya está bien de provocar lástima. Tenemos que ir al mar o perderé el coche». Partimos hacia las playas por la carretera de Caión, y apenas tardamos en llegar, quizá veinte minutos o así. Excitado por Neruda y el descubrimiento del tocadiscos, me di cuenta de que había malgastado más de una hora y que apenas nos quedaba otra para caminar por la arena. Comenzaba la primavera: Beatriz se quitó los coreanos que llevaba y recorrimos Valcobo y Marburgo de extremo a extremo; de repente dijo: «¿Hay confianza, no?». Dije que claro que sí, que la había. Se desvistió hasta quedarse en ropa interior y se metió en el mar. Yo estaba turulato: atardecía sobre el mundo y las playas, el aire era frío, la noche avanzaba al galope y mis pupilas se habían agigantado de estupor, de curiosidad y de deseo. Sin embargo, nada de eso le importó a Beatriz. Se metió en el agua –nunca olvidaré su silueta encerrada en una braga y un sujetador blancos; nunca olvidaré sus pasos atropellados de ondina del crepúsculo, su piel contundente, la armazón incontestable de sus muslos–, chapoteó y agitó sus manos en el aire llamándome.

Apenas tuve tiempo de desvestirme, tampoco me hubiera atrevido; tiritando vino corriendo hasta su ropa, me dijo que me diera la vuelta, y lo hice. En un brevísimo lapso en que me temblaba hasta el alma, percibí cómo se despojada de la lencería mojada y cómo se ponía el pantalón negro de pana, la blusa y la chaqueta, percibí ese movimiento excitante y animé en mi cerebro la ceremonia: puse tamaño y turgencia a sus pechos, imaginé el color del pelo de su pubis, la rizada sombra de la entrepierna, el olor salobre e intenso de la carne, de la piel de gallina contra la heladora brisa del océano, la piel desnuda y sin ropa interior contra la pana. Dijo mientras arrugaba su ropa interior: «Me gusta nadar, pero lo que más me gusta es entrar en el mar y mear en el agua». Esa frase, después de tantas semanas de ausencia, la pasé literalmente al *Cuaderno de defectos ajenos.* Cuando llegamos a la carretera, junto a la parada de Valcobo, me dio un beso en la mejilla. Era la primera vez que una mujer, que no fuese mi madre, mi madrina o mi abuela, me besaba.

Aquella experiencia dio para muchos poemas y para muchas películas de amor en mi magín. Dejé de ir al monte de A Penouqueira, a la fronda del río y a la cantera, y todos los días me encaminaba hacia el mar por Figueiroa. En mi cabeza llevaba impresa su imagen –o «su complexión animal», escribí en un soneto– como si de un ídolo se tratase, y en realidad lo que quería era dialogar con la naturaleza y con sus huellas, con el espíritu del fantasma que ella era dentro de mí. Medía los pasos del arenal, observaba las mareas, los promontorios, los pinares mecidos por el viento, las pulgas ínfimas y blancas que surgían de la arena, el color del poniente, y confeccionaba vocabularios marinos que luego me servían para mis versos. En medio de aquella selva del lenguaje andaba Beatriz, Beatriz de Sousa, la loca de los bosques, la ninfa del mar, como había empezado a llamarla. Durante días, en el autobús, insistí en nuestro paseo, ante mi perplejidad con respecto a sus hábitos marinos, intenté establecer un hilo de complicidad y le pregunté mil cosas: cómo había ocultado la ropa interior, si no le habían preguntado por qué había llegado tarde, si no querían saber con quién se había quedado. Fue tajante: «En casa, se fían de mí». Aquella respuesta me conmovió. En mi casa nadie se fiaba de mí. Al contrario: mi padre me recordaba una y otra vez el esfuerzo que estaba haciendo y que lo mejor era que, si pensaba que no iba a poder terminar Mecánica, cogiese el petate y que me fuese como él a Alemania.

Nuestra relación fue a más, pero no volvimos juntos a mis mares: Marburgo, Valcobo, Area Grande, Sabón, etc. Quiero decir que ahora la podía buscar adrede en los descansos o en el comedor y decírselo claramente; podía llevarle algún poema que había escrito para ella o consultarle mi montaña de dudas. Un sábado por la tarde no pude resistirme y le pedí prestada su bicicleta a Pedro, uno de los gemelos Groufa, y me fui a verla a su parroquia, próxima a Caión, situada en la colina de al lado de la cooperativa del vino. Llegué un poco antes de la hora de comer y me indicaron su casa: grande, adornada en la fachada con vitrales, con un río de lavar en un ángulo del jardín; algo más allá había un huerto de coles, patatas, lechugas y judías anudadas a palos de cañaveral. Un perro de pajar, *Silverio*, estaba acostado al sol y dos niños jugueteaban con su sombra. Beatriz de Sousa salió de casa al grito de sus hermanos. «¿Qué haces por aquí?» «Nada, de paseo. Me aburría y decidí venir a verte.» Al poco tiempo apareció su hermano mayor, estudiante de Físicas en Santiago también, con un cubo lleno de peces.

Él pareció entender antes de que Beatriz dijese nada. «Vete tranquila, que yo asaré el pescado», le susurró. Bajamos a Caión, que era y es uno de los lugares del mundo que más me gusta. Fue allí donde me contó que su padre era el ciego marinero que animaba las tabernas con sus historias desaforadas a cambio de un vaso de vino y una tapita de pulpo; los sábados y domingos organizaba una sesión de cuentos del mar en la cofradía y los turistas, los curiosos y algunos vecinos compasivos dejaban sus monedas en un sombrero de aguas. Su madre trabajaba en el embarcadero y en el restaurante Pleamar. Todos arrimaban el hombro y se dejaban la piel durante las vacaciones de Navidad, Semana Santa y en el verano para poder estudiar. Me enseñó con sus ojos aquel menudo universo casi peninsular: el cementerio marino a cuya puerta clama el enfurecido oleaje; las grutas del muelle en el cual cada noche, en medio de la tormenta y de la violenta marea, aparecía una niña del trasmundo vestida de blanco, vestida de Primera Comunión; la otra cueva, frente a la playa del Caracol, donde expiró desesperada la esposa del antiguo conde de la villa hacía más de tres siglos; las tabernas con terrazas que asaban sardinas frescas cuando caía la tarde, en Casa Finisterre tomamos un bocadillo; los dos o tres edificios con galerías de cristal y una estructura invisible de huesos de ballena; la iglesia con redes y barcos y una impresionante Virgen del Carmen. Mucho más que ese descubrimiento del pueblo, que rivalizaba con Baladouro en mi devoción, me excitaba Beatriz: su modo de contar, su serenidad, la silueta solar que le esculpía la luz de Caión, el garzo color de sus pupilas, la impresión de serenidad y abandono, su palpitante belleza nada convencional, aquella manera que tenía de agarrarte del jersey para señalar un punto oscuro en el horizonte, ya fuese un barco o las islas Sisargas, donde las aves se refugian en masa.

Al final, cuando se aproximaba la despedida, caí en la desazón: parecía carecer de oídos para escuchar mis sentimientos, parecía desdeñar mi deseo de abrazarla con fuerza, el ansia que tenía de que fuésemos sólo un cuerpo frente al mar, al abrigo de las rocas. En ese instante, con una suavidad que no quería ofender, se aislaba en sí misma y rechazaba cualquier tentativa de caricias. Aquel día no hubo beso ante el portal de su casa, y me eché a rodar calzada abajo en la bicicleta con una dinamo que sólo funcionaba a golpe de capricho. La noche ya había tomado por completo la bahía de Barrañán.

La relación se había estancado. Beatriz había puesto la barrera: no quería que pasásemos al otro lado ni tampoco quería que me llamase a engaño. Hablaría con todos los chicos y chicas: con Genaro Berdía, con Da Silva, con Pacucha, con Teresa Seara, que era como su antagonista, con su repertorio de trajes y su artificiosidad evidente. «No debemos estropear esta buena amistad –dijo–. Me gustará seguir leyendo tus poemas». La verdad es que me puse rabioso. No podía entenderlo, ni siquiera leyendo y releyendo *El arte de amar* de Erich Fromm o de David Cooper (ya ni me acuerdo, el volumen era verde, seguro), que era nuestro libro de cabecera en el cual buscábamos una fórmula universal para encauzar la soledad y el deseo. ¿Qué había pasado, en qué había fallado? Tampoco le exigía que dejase de hablar con nadie. No hacía otra cosa que preguntármelo a diario y esa zozobra la trasladaba a mis cuadernos secretos. Como siempre he tendido más bien a la retirada que al acoso decidido y sincero, era como un fugitivo que no cesa de huir del espanto, acepté la derrota. Acepté perder a Beatriz y no mostrarlo en exceso, aunque quería ser natural, sentarme con ella en el coche, saludarla en el paseo, en las proyecciones de cine, en las asambleas y en las tertulias improvisadas de la entrada de la Laboral, y no podía hacerlo. Me temblaba la voz: se me hacía un nudo en la garganta y una corriente de lágrimas se agolpaba en la trastienda de mis ojos con el afán de desmandarse sin compasión. Aquella impresión de fracaso me condujo a una mayor porción de aislamiento y, por tanto, a la poesía.

Manuel Antonio, Luis Amado Carballo, Celso Emilio Ferreiro y Rosalía de Castro fueron mi refugio, igual que el río, las montañas y el mar, que me ofrecían asilo y asimiento, la realidad al margen que me inventaba en medio del dolor y de la añoranza. ¡Cuántas veces no repasé las dos tardes memorables junto a Beatriz, cuántas veces soñé con repetirlas algún día! Entonces, le contaría que Manuel Antonio se había muerto en el océano mientras navegaba y dictaba sus composiciones al cielo marino, abrazado a la pipa y al paquebote blanco en que navegaba; le diría que Amado Carballo era un maestro que vivía en las altas tierras de Pontevedra y que allí redactaba sus versos, antes de morirse joven, que animaban a la naturaleza y le otorgaban cualidades humanas; le diría que yo, como Celso Emilio, «cuando quiero morir digo Beatriz» y no Moraima, la musa del poeta. Y le diría lo que tanto anhelaba: ella era mi nueva Rosalía, la dama del bosque, la ninfa suave de los mares, con su pelo al viento y cardado, con su menosprecio del mundo y sus murmullos: ahí va la loca soñando por los campos. Quería devolverle, en otra forma de hechizo, cada uno de los relatos y cada una de las sensaciones que había volcado en mi corazón.

Aquel curso terminó siendo horrible. No tanto por las notas, que resultaron magníficas, como por Beatriz y las ilusiones truncadas. Intenté olvidarla durante aquel verano, y lo hice en apariencia. No fui ni una sola vez a Caión: ni a jugar al fútbol en aquellos choques épicos de arena y sol en los que comparecían los míticos hermanos Collazo, ni a la romería ni a las verbenas de la plaza. Ni siquiera quise llevar al pazo de Graxal a unos familiares de Montevideo, a pesar de que mi padre me lo suplicó y de que ellos tenían coche. Sólo me dediqué a leer y a escribir, y ayudé a mi padre a rellenar de hormigón el pozo artesiano que habíamos construido en As Viñas. Ella tampoco hizo nada por verme o por saber de mí. Es cierto que de vez en cuando cogía el autobús que venía de Caión con la esperanza de verla en un viaje hacia A Coruña. Volvía a tomarlo de vuelta a las ocho en vano. Durante ese período, callejeaba, entraba en la librería Lume o en Barros Grandes Almacenes, compraba pasteles en una confitería de la plaza de Pontevedra y bajaba luego hasta la playa del Orzán, porque en ella, decían, se había suicidado el poeta Aurelio Aguirre y me gustaba pensar que tarde o temprano yo también haría lo propio. Ahora empezaba a saber quién era Eduardo Soneira, estudiante de Mecánica de Baladouro: alguien que se negaba a sí mismo y a su sentir, alguien malherido en algún lugar del alma y de la sangre que ya no precisaba fingir ni hablar en alta voz, ni proclamar a los cuatro vientos aquí estoy yo y ayer leí una novela apasionante titulada *Salammbó*.

El curso siguiente fue muy distinto. Inicié mi desorden vital. Buscaba cosas que hacer en A Coruña, librerías y museos que visitar, obras de teatro que quería ir a ver. Dejé de tomar el autobús casi por completo, lo cual era también un modo de escapar de Beatriz. Al verla el primer día de clase comprendí que seguía loco por ella, que hubiera bastado que levantase un dedo para que me arrastrase a su lado como un perro. La saludé con una timidez desconcertante; en poco más de cinco minutos atropellados, quisimos resumir el verano. Ella estaba en su sitio: radiante, más guapa que el curso anterior, incluso me pareció más elegante en su aparente caos de vestuario, morena, límpida la tez y las mejillas como si se las hubiese lamido una ternera de leche, y ahora con el cabello suelto.

Tardé en liberarme de su sombra y de su pálpito. La veía a lo lejos y notaba un estremecimiento interior, un desgarro muy hondo de placer y tortura. Traté de concentrarme en mis estudios de FP-2, rama Mecánica, y en el teatro y en la poesía. Ingresé en el equipo de trabajo de campo del Teatro Circo y me saqué todos los carnets de las bibliotecas de A Coruña. Pero además, y no sé muy bien cómo se produjo aquel contacto, en la Laboral se fue creando un grupo de amigos de distintos cursos y edades, una suerte de *comuna* en el Colegio Gran Sol. Cada habitación tenía cuatro literas y ocho plazas: allí, de espaldas al director del colegio, el fotógrafo Avelino Tembrás, y al coordinador Julio Monzón, fundamos la asociación *Los Libertarios*. Yo me incorporé a los tres o cuatro meses con José Fariña. ¿En qué consistía aquel colectivo? Nunca lo he sabido muy bien: leíamos a Bakunin, a Erich Fromm y a David Cooper, cómics salvajes y algunos a poetas raros como Grigory Corso, Jack Kerouac y Allen Ginsberg, entre otros. Y comenzamos a participar en proyectos educativos en pueblos como Malpica de Bergantiños, donde nos cedieron una casa parroquial abandonada con sus archivos y todo. Allí, los fines de semana, mis compañeros recibían a sus novias. Eduardo Soneira cambió a Teresa Seara por Ana Laguna, que se ponía de puntillas para besarlo; Ricardo Santos, el hijo de Buenaventura Roca, pintor y dibujante de tebeos, había conquistado a Teresa con su aspecto de guitarrista de rock y su pasión desmedida por Jimmy Hendrix, Janis Joplin y Jim Morrison & The Doors. Había otros: Carlos, Ángel Peña, que sedujo a una rubia mortal, suavísima y olorosa, que se parecía a Marilyn Monroe, el citado Fariña y Nacho Ezquerra, el hijo del viajante de comercio de Vitoria que se entendía con Valentina, mucho mayor que él, aquella mujer extraña que decía que cuando se muriese le gustaría que arrojasen su cuerpo a los buitres en un páramo de Extremadura.

Así éramos todos. Aunque ninguno era tan fascinante, tan completo como Agustín Noya, con su belfo inferior saliente, su firmeza barnizada de dulzura, su delicadeza casi femenina y su buena disposición para la dialéctica. Nadie le vencía en la exhibición de argumentos y en la exposición de programas y proyectos. Manejaba con soltura la historia de la filosofía, aunque tenía un lunar que le destrozaba el corazón a menudo: su padre padecía un progresivo deterioro físico y psíquico a consecuencia del alcohol y tenía que ir cada semana al hospital de Zamora donde lo cuidaban porque se había puesto imposible, próximo al abismo de la muerte. Y además tenía un sexto sentido: siempre sabía lo que le ocurría a cada uno de nosotros en cada momento y cómo debía echarnos una mano. En el fondo éramos un pelotón de desahuciados sentimentales, de iconoclastas que hacíamos muchos kilómetros en autostop y a pie, a campo a través. Agustín tenía casi dos años menos que yo, quince, y una elocuencia que despertaba en mí toda la admiración del mundo. Le encantaba la política y se sentía anarquista de la cabeza a los pies.

También Beatriz acabaría sumándose a *Los Libertarios* con una mezcla de candor y arrojo que nos deslumbró a todos, especialmente cuando sobrevino la tragedia de Emilio Suárez, un compañero mío de Mecánica que se encaramó, durante una huelga de alumnos, en la cubierta de los pasillos para colocar una pancarta y recibió una descarga eléctrica de 20.000 voltios de uno de los hilos del transformador de la universidad. Se murió en el acto. Beatriz subió al escenario en medio de la asamblea y dijo que no era el momento de culpar a nadie, aunque a ella la rabia la llevaba a señalar «con el dedo y con todo nuestro dolor» al rector Luis María Tenreiro y a sus asesores, incluido el vanidoso jefe de estudios Serantes. Luego recordó que había estado con otros miembros de la coordinadora de estudiantes y amigos en el entierro de Emilio –con quien había fumado algún que otro Ducados en los bancos del vestíbulo– y dibujó, con lágrimas en los ojos, el cementerio recoleto en un valle, el olor a vida eterna que allí se respiraba y la tersura del cielo que se volcaba sobre el recinto como si quisiera izarlo por los aires. Luego pidió el primer minuto de silencio al que yo he asistido jamás.

Los Libertarios teníamos la mala costumbre de vivir entre el afecto desmesurado y el análisis tan concienzudo del amigo que al final, por excesiva voluntad de afinación, se tornaba cruel: tendíamos a despedazarnos los unos a los otros. En el curso 1976/1977, mi *Cuaderno de defectos ajenos* registró el mayor número de entradas de nuevos nombres y de comentarios. Si no fuese tan desdichado y luego no me azotasen los remordimientos por un juicio severo, me habría puesto las botas. Todos íbamos pasando por épocas de grandes aprecios, de ternuras y complicidades intermitentes, de ojerizas inexplicables e incluso de promiscuidad. En este capítulo, más por estricta realidad que por hacerme el mártir, poco tengo que decir: jamás tuve agallas para coquetear con nadie. Si alguien lo intentó no me percaté por más que Teresa Seara, una vez integrada de refilón en el grupo, fuese más cariñosa que nunca y accediese al fin a sentarse a mi lado en el autobús, o que Valentina pasease conmigo una tarde completa por la playa del Orzán, toda vestida de negro. En nuestras tertulias de hombres solos también analizábamos a las chicas: para algunos Valentina era egoísta y poco quería saber de los demás salvo de Nacho Ezquerra; la Marilyn Monroe de Ángel Peña estaba al margen de todo, vivía obsesionada por la enfermedad crónica de su madre; y lo mismo sucedía con Teresa Seara y Ana Laguna, muy controladas por sus familias burguesas.

«La única que se compromete y que entiende es Beatriz de Sousa», dijo un día Agustín. «¿Y qué tiene ella que ver con nosotros?», pregunté. Se hizo un pesado silencio. Agustín, sin perder la calma ni aquel poder de seducción que poseía, explicó: «Es amiga nuestra, y eso bastaría. Pero es que además es mi novia desde hace tres meses». Me quedé de piedra. No supe disimular mi contrariedad, mi sensación de fastidio, aquel aldabonazo de traición. Nunca los había visto juntos y ella, mientras yo estuve durante los fines de semana en la casa de Malpica de Bergantiños, nunca apareció. Era una casa asomada al precipicio, con vistas al mar, donde el rumor del oleaje y el silbo del viento se mezclaban con los gemidos de placer que huían de los cuartos y de los colchones arrojados en el suelo. No tuve nada más que decir ni oír, y me fui del cuarto tras felicitar a Agustín. Aquella noche destrocé uno tras otro los poemas que le había dedicado.

Luego supe más cosas de la relación. Beatriz había tenido la osadía de quedarse a dormir alguna vez en la habitación 13 de *Los Libertarios* con Agustín, sin importarle nada el escándalo que aquello podía ocasionar ni los cuchicheos o la expectación que podía despertar en los demás. Me hablaron de su desenvoltura sexual, de su alegría, del clima de confianza y dulzura que sabía crear antes del acto, de la bonita y envidiable relación que se había establecido entre ella y Agustín, y que no usaba nunca preservativos ni pastillas ni cremas espermicidas, como hacía Ana Laguna, por ejemplo, que las iba dejando por las esquinas. Aquello comenzó a parecerme excesivo, intolerable, casi surrealista; siempre intuí que era una moderna prematura, algo así como la mujer que Dominique Sanda encarnó en *Novecento* algún tiempo después, pero cada nuevo detalle era como un aguijón suplementario a mi herida renovada, una punción más de desespero en el centro de la llaga.

Ni en mi casa ni en la Laboral ni en el grupo entendieron mi reacción. Interrumpí el curso en abril y le hice caso a mi padre: solicité un contrato de trabajo para Alemania y me reclamaron para la construcción y de jardinero en la hacienda de unos señores que habían empleado a mi progenitor. A los cuatro o cinco meses recibí en Heidelberg una carta brevísima: «Desde aquel beso en la playa de Marburgo, supe que estabas locamente enamorado de mí, pero jamás he querido hacerte daño. Algún día, cuando todo sea más fácil y no necesites que te quieran por lástima, volveremos al mar de Caión. Beatriz de Sousa».

Han pasado más de veinte años desde entonces y no he vuelto a saber nada más de ella ni de los compañeros, salvo de mi doble Eduardo Soneira, que ha hecho carrera de catedrático de Literatura en Santander. Yo sigo en Alemania, dirijo una modesta inmobiliaria, permanezco soltero y aún alimento de notas y de nombres mi viejo *Cuaderno de defectos ajenos*.

Este libro se acabó de imprimir en mayo de 2000
en los talleres de Liberdúplex, s.l.
C/ Constitución, 19
08014 Barcelona